S0-AVO-044

Miguel Delibes
El camino

Miguel Delibes

El camino

Ediciones Destino
Colección
Áncora y Delfín
Volumen 57

© Miguel Delibes
© Ediciones Destino
Consejo de Ciento, 425. Barcelona-9
Primera edición diciembre 1950
Segunda edición: diciembre 1955
Tercera edición: julio 1963
Cuarta edición: diciembre 1963
Quinta edición: abril 1965
Sexta edición: julio 1966
Séptima edición: junio 1967
Octava edición: junio 1968
Novena edición: junio 1970
Décima edición: julio 1972
Undécima edición: enero 1974
Duodécima edición: febrero 1975
Decimotercera edición: marzo 1976
Decimocuarta edición: enero 1977
Decimoquinta edición: noviembre 1977
Decimosexta edición: febrero 1978
Decimoséptima edición: octubre 1978
Decimoctava edición: diciembre 1978
Decimonovena edición: abril 1979
Depósito Legal: B. 13492 - 1979
ISBN: 84 - 233 - 0384 - 5
Impreso por Gráficas Diamante,
Zamora, 83 - Barcelona-18
Impreso en España - Printed in Spain

I

Las cosas podían haber sucedido de cualquier otra manera y, sin embargo, sucedieron así. Daniel, el Mochuelo, desde el fondo de sus once años, lamentaba el curso de los acontecimientos, aunque lo acatara como una realidad inevitable y fatal. Después de todo, que su padre aspirara a hacer de él algo más que un quesero era un hecho que honraba a su padre. Pero por lo que a él afectaba...

Su padre entendía que esto era progresar; Daniel, el Mochuelo, no lo sabía exactamente. El que él estudiase el Bachillerato en la ciudad podía ser, a la larga, efectivamente, un progreso. Ramón, el hijo del boticario, estudiaba ya para abogado en la ciudad, y cuando les visitaba, durante las vacaciones, venía empingorotado como un pavo real y les miraba a todos por encima del hombro; incluso al salir de misa los domingos y fiestas de guardar, se permitía corregir las palabras que don José, el cura, que era un gran santo, pronunciara desde el púlpito. Si esto era progresar, el marcharse a la ciudad a iniciar el Bachillerato, constituía, sin duda, la base de este progreso.

Pero a Daniel, el Mochuelo, le bullían muchas

dudas en la cabeza a este respecto. Él creía saber
cuanto puede saber un hombre. Leía de corrido, es-
cribía para entenderse y conocía y sabía aplicar las
cuatro reglas. Bien mirado, pocas cosas más cabían
en un cerebro normalmente desarrollado. No obstante, en la ciudad, los estudios de Bachillerato consta-
ban, según decían, de siete años y, después, los estudios superiores, en la Universidad, de otros tantos años, por lo menos. ¿Podía existir algo en el mundo cuyo conocimiento exigiera catorce años de esfuerzo, tres más de los que ahora contaba Daniel?
Seguramente, en la ciudad se pierde mucho el tiempo — pensaba el Mochuelo — y, a fin de cuentas, ha-
brá quien, al cabo de catorce años de estudio, no
acierte a distinguir un rendajo de un jilguero o una
boñiga de un cagajón. La vida era así de rara, absur-
da y caprichosa. El caso era trabajar y afanarse en
las cosas inútiles o poco prácticas.

Daniel, el Mochuelo, se revolvió en el lecho y
los muelles de su camastro de hierro chirriaron des-
agradablemente. Que él recordase, era ésta la primera vez que no se dormía tan pronto caía en la
cama. Pero esta noche tenía muchas cosas en que
pensar. Mañana, tal vez, no fuese ya tiempo. Por la
mañana, a las nueve en punto, tomaría el rápido ascendente y se despediría del pueblo hasta las Navidades. Tres meses encerrado en un colegio. A Daniel, el Mochuelo, le pareció que le faltaba aire y
respiró con ansia dos o tres veces. Presintió la escena de la partida y pensó que no sabría contener las
lágrimas, por más que su amigo Roque, el Moñigo,

le dijese que un hombre bien hombre no debe llorar aunque se le muera el padre. Y el Moñigo tampoco era cualquier cosa, aunque contase dos años más que él y aún no hubiera empezado el Bachillerato. Ni lo empezaría nunca, tampoco. Paco, el herrero, no aspiraba a que su hijo progresase; se conformaba con que fuera herrero como él y tuviese suficiente habilidad para someter el hierro a su capricho. ¡Ese sí que era un oficio bonito! Y para ser herrero no hacía falta estudiar catorce años, ni trece, ni doce, ni diez, ni nueve, ni ninguno. Y se podía ser un hombre membrudo y gigantesco, como lo era el padre del Moñigo.

Daniel, el Mochuelo, no se cansaba nunca de ver a Paco, el herrero, dominando el hierro en la fragua. Le embelesaban aquellos antebrazos gruesos como troncos de árboles, cubiertos de un vello espeso y rojizo, erizados de músculos y de nervios. Seguramente Paco, el herrero, levantaría la cómoda de su habitación con uno solo de sus imponentes brazos y sin resentirse. Y de su tórax, ¿qué? Con frecuencia el herrero trabajaba en camiseta y su pecho hercúleo subía y bajaba, al respirar, como si fuera el de un elefante herido. Esto era un hombre. Y no Ramón, el hijo del boticario, emperejilado y tieso y pálido como una muchacha mórbida y presumida. Si esto era progreso, él, decididamente, no quería progresar. Por su parte, se conformaba con tener una pareja de vacas, una pequeña quesería y el insignificante huerto de la trasera de su casa. No pedía más. Los días laborables fabricaría quesos, como su padre, y los domingos se entretendría con la escopeta, o se iría al río a pescar truchas o a echar una partida al corro de bolos.

La idea de la marcha desazonaba a Daniel, el Mochuelo. Por la grieta del suelo se filtraba la luz de la planta baja y el haz luminoso se posaba en el techo con una fijeza obsesiva. Habrían de pasar tres meses sin ver aquel hilo fosforescente y sin oír los movimientos quedos de su madre en las faenas domésticas; o los gruñidos ásperos y secos de su padre, siempre malhumorado; o sin respirar aquella atmósfera densa, que se adentraba ahora por la ventana abierta, hecha de aromas de heno recién segado y de resecas boñigas. ¡Dios mío, qué largos eran tres meses!

Pudo haberse rebelado contra la idea de la marcha, pero ahora era ya tarde. Su madre lloriqueaba unas horas antes al hacer, junto a él, el inventario de sus ropas.

—Mira, Danielín, hijo, éstas son las sábanas tuyas. Van marcadas con tus iniciales. Y éstas tus camisetas. Y éstos tus calzoncillos. Y tus calcetines. Todo va marcado con tus letras. En el colegio seréis muchos chicos y de otro modo es posible que se extraviaran.

Daniel, el Mochuelo, notaba en la garganta un volumen inusitado, como si se tratara de un cuerpo extraño. Su madre se pasó el envés de la mano por la punta de la nariz remangada y sorbió una moquita. "El momento debe de ser muy especial cuando la madre hace eso que otras veces me prohíbe hacer a mí", pensó el Mochuelo. Y sintió unos sinceros y apremiantes deseos de llorar.

La madre prosiguió:

—Cúidate y cuida la ropa, hijo. Bien sabes lo que a tu padre le ha costado todo esto. Somos pobres. Pero tu padre quiere que seas algo en la vida. No quiere que trabajes y padezcas como él. Tú — le miró un momento como enajenada — puedes ser algo grande, algo muy grande en la vida, Danielín; tu padre y yo hemos querido que por nosotros no quede.

Volvió a sorber la moquita y quedó en silencio. El Mochuelo se repitió: "Algo muy grande en la vida, Danielín", y movió convulsivamente la cabeza. No acertaba a comprender cómo podría llegar a ser algo muy grande en la vida. Y se esforzaba, tesoneramente, en comprenderlo. Para él, algo muy grande era Paco, el herrero, con su tórax inabarcable, con sus espaldas macizas y su pelo híspido y rojo; con su aspecto salvaje y duro de dios primitivo. Y algo grande era también su padre, que tres veranos atrás abatió un milano de dos metros de envergadura... Pero su madre no se refería a esta clase de grandeza cuando le hablaba. Quizá su madre deseaba una grandeza al estilo de la de don Moisés, el maestro, o tal vez como la de don Ramón, el boticario, a quien hacía unos meses habían hecho alcalde. Seguramente a algo de esto aspiraban sus padres para él. Mas, a Daniel, el Mochuelo, no le fascinaban estas grandezas. En todo caso, prefería no ser grande, ni progresar.

Dio vuelta en el lecho y se colocó boca abajo, tratando de amortiguar la sensación de ansiedad que desde hacía un rato le mordía en el estómago. Así se hallaba mejor; dominaba, en cierto modo, su desazón. De todas formas, boca arriba o boca abajo, resultaba inevitable que a las nueve de la mañana tomase el rápido para la ciudad. Y adiós todo, entonces. Si es caso... Pero ya era tarde. Hacía muchos años que su padre acariciaba aquel proyecto y él no podía arriesgarse a destruirlo todo en un momento, de un caprichoso papirotazo. Lo que su padre no logró haber sido, quería ahora serlo en él. Cuestión de capricho. Los mayores tenían, a veces, caprichos más tozudos y absurdos que los de los niños. Ocurría que a Daniel, el Mochuelo, le había agradado, meses atrás, la idea de cambiar de vida. Y sin embargo, ahora, esta idea le atormentaba.

Hacía casi seis años que conoció las aspiraciones de su padre respecto a él. Don José, el cura, que era un gran santo, decía, a menudo, que era un pecado sorprender las conversaciones de los demás. No obstante, Daniel, el Mochuelo, escuchaba con frecuencia las conversaciones de sus padres en la planta baja, durante la noche, cuando él se acostaba. Por la grieta del entarimado divisaba el hogar, la mesa de pino, las banquetas, el entremijo y todos los útiles de la quesería. Daniel, el Mochuelo, agazapado contra el suelo, espiaba las conversaciones desde allí. Era en él una costumbre. Con el murmullo de las conversaciones, ascendía del piso bajo el agrio olor de la cuajada y las esterillas sucias. Le placía aquel olor a leche fermentada, punzante y casi humano.

Su padre se recostaba en el entremijo aquella noche, mientras su madre recogía los restos de la cena. Hacía ya casi seis años que Daniel, el Mochuelo, sor-

prendiera esta escena, pero estaba tan sólidamente
vinculada a su vida que la recordaba ahora con todos
los pormenores.

—No, el chico será otra cosa. No lo dudes — decía su padre —. No pasará la vida amarrado a este
banco como un esclavo. Bueno, como un esclavo y
como yo.

Y, al decir esto, soltó una palabrota y golpeó en
el entremijo con el puño crispado. Aparentaba estar
enfadado con alguien, aunque Daniel, el Mochuelo,
no acertaba a discernir con quién. Entonces Daniel
no sabía que los hombres se enfurecen a veces con
la vida y contra un orden de cosas que consideran
irritante y desigual. A Daniel, el Mochuelo, le gustaba ver airado a su padre porque sus ojos echaban
chiribitas y los músculos del rostro se le endurecían
y, entonces, detentaba una cierta similitud con Paco,
el herrero.

—Pero no podemos separarnos de él — dijo la madre —. Es nuestro único hijo. Si siquiera tuviéramos
una niña. Pero mi vientre está seco, tú lo sabes. No
podremos tener una hija ya. Don Ricardo dijo, la última vez, que he quedado estéril después del aborto.

Su padre juró otra vez, entre dientes. Luego, sin
moverse de su postura, añadió:

—Déjalo; eso ya no tiene remedio. No escarbes
en las cosas que ya no tienen remedio.

La madre gimoteó, mientras recogía en un bote
oxidado las migas de pan abandonadas encima de la
mesa. Aún insistió débilmente:

—A lo mejor el chico no vale para estudiar. Todo

esto es prematuro. Y un chico en la ciudad es muy costoso. Eso puede hacerlo Ramón, el boticario, o el señor juez. Nosotros no podemos hacerlo. No tenemos dinero.

Su padre empezó a dar vueltas nerviosas a una adobadera entre las manos. Daniel, el Mochuelo, comprendió que su padre se dominaba para no exacerbar el dolor de su mujer. Al cabo de un rato añadió:

—Eso quédalo de mi cuenta. En cuanto a si el chico vale o no vale para estudiar depende de si tiene cuartos o si no los tiene. Tú me comprendes.

Se puso en pie y con el gancho de la lumbre desparramó las ascuas que aún relucían en el hogar. Su madre se había sentado, con las bastas manos desmayadas en el regazo. Repentinamente se sentía extenuada y nula, absurdamente vacua e indefensa. El padre se dirigía de nuevo a ella:

—Es cosa decidida. No me hagas hablar más de esto. En cuanto el chico cumpla once años marchará a la ciudad a empezar el grado.

La madre suspiró, rendida. No dijo nada. Daniel, el Mochuelo, se acostó y se durmió haciendo conjeturas sobre lo que querría decir su madre, con aquello de que tenía el vientre seco y que se había quedado estéril después del aborto.

II

AHORA, Daniel, el Mochuelo, ya sabía lo que era tener el vientre seco y lo que era un aborto. Pensó en Roque, el Moñigo. Quizá si no hubiera conocido a Roque, el Moñigo, seguiría, a estas alturas, sin saber lo que era un vientre seco y lo que era un aborto. Pero Roque, el Moñigo, sabía mucho de todo "eso". Su madre le decía que no se juntase con Roque, porque el Moñigo se había criado sin madre y sabía muchas perrerías. También las Guindillas le decían a menudo que por juntarse al Moñigo ya era lo mismo que él, un golfo y un zascandil.

Daniel, el Mochuelo, siempre salía en defensa de Roque, el Moñigo. La gente del pueblo no le comprendía o no quería comprenderle. Que Roque supiera mucho de "eso" no significaba que fuera un golfo y un zascandil. El que fuese fuerte como un toro y como su padre, el herrero, no quería decir que fuera un malvado. El que su padre, el herrero, tuviese siempre junto a la fragua una bota de vino y la levantase de cuando en cuando no equivalía a ser un borracho empedernido, ni podía afirmarse, en buena ley, que Roque, el Moñigo, fuese un golfante como su padre, porque ya se sabía que de tal palo tal astilla. Todo esto constituía una sarta de infamias, y Daniel, el Mochuelo, lo sabía de sobra porque conocía como nadie al Moñigo y a su padre.

De que la mujer de Paco, el herrero, falleciera al dar a luz al Moñigo, nadie tenía la culpa. Ni tampoco tenía la culpa nadie de la falta de capacidad educadora de su hermana Sara, demasiado brusca y rectilínea para ser mujer.

La Sara llevó el peso de la casa desde la muerte de su madre. Tenía el pelo rojo e híspido y era corpulenta y maciza como el padre y el hermano. A veces, Daniel, el Mochuelo, imaginaba que el fin de la madre de Roque, el Moñigo, sobrevino por no tener aquélla el pelo rojo. El pelo rojo podía ser, en efecto, un motivo de longevidad o, por lo menos, una especie de amuleto protector. Fuera por una causa o por otra, lo cierto es que la madre del Moñigo falleció al nacer él y que su hermana Sara, trece años mayor, le trató desde entonces como si fuera un asesino sin enmienda. Claro que la Sara tenía poca paciencia y un carácter regañón y puntilloso. Daniel, el Mochuelo, la había conocido corriendo tras de su hermano escalera abajo, desmelenada y torva, gritando desaforadamente:

—¡Animal, más que animal, que ya antes de nacer eras un animal!

Luego la oyó repetir este estribillo centenares y hasta millares de veces; pero a Roque, el Moñigo, le traía aquello sin cuidado. Seguramente lo que más exacerbó y agrió el carácter de la Sara fue el rotundo fra-

caso de su sistema educativo. Desde muy niño, el Moñigo fue refractario al Coco, al Hombre del Saco y
al Tío Camuñas. Sin duda fue su solidez física la que
le inspiró este olímpico desprecio hacia todo lo que no
fueran hombres reales, con huesos, músculos y sangre bajo la piel. Lo cierto es que cuando la Sara ame-
nazaba a su hermano, diciéndole: "Que viene el Coco,
Roque, no hagas tal cosa", el Moñigo sonreía maliciosamente, como desafiándole: "Ale, que venga, le
aguardo". Entonces el Moñigo apenas tenía tres años
y aún no hablaba nada. A la Sara la llevaban los demonios al constatar el choque inútil de su amenaza
con la indiferencia burlona del pequeñuelo.

Poco a poco, el Moñigo fue creciendo y su hermana Sara apeló a otros procedimientos. Solía encerrar
a Roque en el pajar si cometía una travesura, y luego
le leía, desde fuera, lentamente y con voz sombría y
cavernosa, las recomendaciones del alma.

Daniel, el Mochuelo, aún recordaba una de las
primeras visitas a casa de su amigo. La puerta de la
calle estaba entreabierta y, en el interior, no se veía
a nadie, ni se oía nada, como si la casa estuviera des-
habitada. La escalera que conducía al piso alto se
alzaba incitante ante él, pero él la miró, tocó el pasa-
mano, pero no se atrevió a subir. Conocía ya a la Sara
de referencias y aquel increíble silencio le inspiraba
un vago temor. Se entretuvo un rato atrapando una
lagartija que intentaba escabullirse por entre las losas
del zaguán. De improviso oyó una retahíla de furio-
sos improperios, en lo alto, seguidos de un estruendoso portazo. Se decidió a llamar, un poco cohibido:

—¡Moñigo! ¡Moñigo!

Al instante se derramó sobre él un diluvio de frases agresivas. Daniel se encogió sobre sí mismo.

—¿Quién es el bruto que llama así? ¡Aquí no hay ningún Moñigo! Todos en esta casa llevamos nombre de santo. ¡Ale, largo!

Daniel, el Mochuelo, nunca supo por qué en aquella ocasión se quedó, a pesar de todo, clavado al suelo como si fuera una estatua. El caso es que se quedó tieso y mudo, casi sin respirar. Entonces oyó hablar arriba a la Sara y prestó atención. Por el hueco de la escalera se desgranaban sus frases engoladas como una lluvia lúgubre y sombría:

—Cuando mis pies, perdiendo su movimiento, me adviertan que mi carrera en este mundo está próxima a su fin...

Y, detrás, sonaba la voz del Moñigo, opaca y sorda, como si partiera de lo hondo de un pozo:

—Jesús misericordioso, tened compasión de mí.

De nuevo las inflexiones de Sara, cada vez más huecas y extremosas:

—Cuando mis ojos vidriados y desencajados por el horror de la inminente muerte, fijen en vos sus miradas lánguidas y moribundas...

—Jesús misericordioso, tened compasión de mí.

Se iba adueñando de Daniel, el Mochuelo, un pavor helado e impalpable. Aquella tétrica letanía le hacía cosquillas en la medula de los huesos. Sin embargo, no se movió del sitio. Le acuciaba una difusa e impersonal curiosidad.

—Cuando perdido el uso de los sentidos — conti-

nuaba, monótona, la Sara — el mundo todo desaparezca de mi vista y gima yo entre las angustias de la última
agonía y los afanes de la muerte...

Otra vez la voz amodorrada y sorda y tranquila del
Moñigo, desde el pajar:

—Jesús misericordioso, tened compasión de mí.

Al concluir Sara su correctivo verbal, se hizo impaciente la voz de Roque:

—¿Has terminado?

—Sí — dijo la Sara.

—Ale, abre.

La interrogación siguiente de la Sara envolvía un
despecho mal reprimido:

—¿Escarmentaste?

—¡No!

—Entonces no abro.

—Abre o echo la puerta abajo. El castigo ya se
terminó.

Y Sara le abrió a su pesar. El Moñigo le dijo al
pasar a su lado:

—Me metiste menos miedo que otros días, Sara.

La hermana perdía los estribos, furiosa:

—¡Calla, cerdo! Un día... un día te voy a partir los hocicos o yo no sé lo que te voy a hacer.

—Eso no; no me toques, Sara. Aún no ha nacido
quien me ponga la mano encima, ya lo sabes — dijo
el Moñigo.

Daniel, el Mochuelo, esperó oír el estampido del
sopapo, pero la Sara debió pensarlo mejor y el estampido previsto no se produjo. Oyó Daniel, en cambio, las
pisadas firmes de su amigo al descender los pelda-

ños, y acuciado por un pudoroso instinto de discreción, salió por la puerta entornada y le esperó en la calle. Ya a su lado, el Moñigo dijo:

—¿Oíste a la Sara?

Daniel, el Mochuelo, no se atrevió a mentir:

—La oí — dijo.

—Te habrás fijado que es una maldita pamplinera.

—A mí me metió miedo, la verdad — confesó, aturdido, el Mochuelo.

—¡Bah!, no hagas caso. Todo eso de los ojos vidriados y los pies que no se mueven son pamplinas. Mi padre dice que cuando la diñas no te enteras de nada.

Movió el Mochuelo, dubitativo, la cabeza.

—¿Cómo lo sabe tu padre? — dijo.

A Roque, el Moñigo, no se le había ocurrido pensar en eso. Vaciló un momento, pero en seguida aclaró:

—¡Qué sé yo! Se lo diría mi madre al morirse. Yo no me puedo acordar de eso.

Desde aquel día, Daniel, el Mochuelo, situó mentalmente al Moñigo en un altar de admiración. El Moñigo no era listo, pero, ¡ahí era nada mantenérselas tiesas con los mayores! Roque, a ratos, parecía un hombre por su aplomo y gravedad. No admitía imposiciones ni tampoco una justicia cambiante y caprichosa. Una justicia doméstica, se sobreentiende. Por su parte, la hermana le respetaba. La voluntad del Moñigo no era un cero a la izquierda como la suya; valía por la voluntad de un hombre; se la tenía en cuenta en su casa y en la calle. El Moñigo poseía personalidad.

Y, a medida que transcurría el tiempo, fue aumentando la admiración de Daniel por el Moñigo. Éste se peleaba con frecuencia con los rapaces del valle y siempre salía victorioso y sin un rasguño. Una tarde, en una romería, Daniel vio al Moñigo apalear hasta hartarse al que tocaba el tamboril. Cuando se sació de golpearle le metió el tambor por la cabeza como si fuera un sombrero. La gente se reía mucho. El músico era un hombre ya de casi veinte años y el Moñigo sólo tenía once. Para entonces, el Mochuelo había comprendido que Roque era un buen árbol donde arrimarse y se hicieron inseparables, por más que la amistad del Moñigo le forzaba, a veces, a extremar su osadía e implicaba algún que otro regletazo de don Moisés, el maestro. Pero, en compensación, el Moñigo le había servido en más de una ocasión de escudo y paragolpes.

A pesar de todo esto, la madre de Daniel, don José el cura, don Moisés el maestro, la Guindilla mayor y las Lepóridas, no tenían motivos para afirmar que Roque, el Moñigo, fuese un golfante y un zascandil. Si el Moñigo entablaba pelea era siempre por una causa justa o porque procuraba la consecución de algún fin utilitario y práctico. Jamás lo hizo a humo de pajas o por el placer de golpear.

Y otro tanto ocurría con su padre, el herrero. Paco, el herrero, trabajaba como el que más y ganaba bastante dinero. Claro que para la Guindilla mayor y las Lepóridas no existían más que dos extremos en el pueblo: los que ganaban poco dinero y de éstos decían que eran unos vagos y unos holgazanes, y los que ganaban mucho dinero, de los cuales afirmaban que si trabajaban era sólo para gastarse el dinero en vino. Las Lepóridas y la Guindilla mayor exigían un punto de equilibrio muy raro y difícil de conseguir. Pero la verdad es que Paco, el herrero, bebía por necesidad. Daniel, el Mochuelo, lo sabía de fundamento, porque conocía a Paco mejor que nadie. Y si no bebía, la fragua no carburaba. Paco, el herrero, lo decía muchas veces: "Tampoco los autos andan sin gasolina." Y se echaba un trago al coleto. Después del trago trabajaba con mayor ahínco y tesón. Esto, pues, a fin de cuentas, redundaba en beneficio del pueblo. Mas el pueblo no se lo agradecía y lo llamaba sinvergüenza y borracho. Menos mal que el herrero tenía correa, como su hijo, y aquellos insultos no le lastimaban. Daniel, el Mochuelo, pensaba que el día que Paco, el herrero, se irritase no quedaría en el pueblo piedra sobre piedra; lo arrasaría todo como un ciclón.

No era tampoco cosa de echar en cara al herrero el que piropease a las mozas que cruzaban ante la fragua y las invitase a sentarse un rato con él a charlar y a echar un trago. En realidad era viudo y estaba aún en edad de merecer. Además, su exuberancia física era un buen incentivo para las mujeres. A fin de cuentas, don Antonino, el marqués, se había casado tres veces y no por ello la gente dejaba de llamarle don Antonino y seguía quitándose la boina al cruzarse con él, para saludarle. Y continuaba siendo el marqués. Después de todo, si Paco, el herrero, no se casaba lo hacía por no dar madrastra a sus hijos y no por tener más dinero disponible para vino como malévolamente insinuaban la Guindilla mayor y las Lepóridas.

Los domingos y días festivos, Paco, el herrero, se emborrachaba en casa del Chano hasta la incoherencia. Al menos eso decían la Guindilla mayor y las Lepóridas. Mas si lo hacía así, sus razones tendría el herrero, y una de ellas, y no desdeñable, era la de olvidarse de los últimos seis días de trabajo y de la inminencia de otros seis en los que tampoco descansaría. La vida era así de exigente y despiadada con los hombres.

A veces, Paco, cuyo temperamento se exaltaba con el alcohol, armaba en la taberna del Chano trifulcas considerables. Eso sí, jamás tiraba de navaja aunque sus adversarios lo hicieran. A pesar de ello, las Lepóridas y la Guindilla mayor decían de él — de él, que peleaba siempre a pecho descubierto y con la mayor nobleza concebible — que era un asqueroso matón. En realidad, lo que mortificaba a la Guindilla mayor, las Lepóridas, al maestro, al ama de don Antonino, a la madre de Daniel, el Mochuelo, y a don José, el cura, eran los músculos abultados del herrero; su personalidad irreductible; su hegemonía física. Si Paco y su hijo hubieran sido unos fifiriches al pueblo no le importaría que fuesen borrachos o camorristas; en cualquier momento podrían tumbarles de un sopapo. Ante aquella inaudita corpulencia, la cosa cambiaba; habían de conformarse con ponerles verdes por la espalda. Bien decía Andrés, el zapatero: "Cuando a las gentes les faltan músculos en los brazos, les sobran en la lengua."

Don José, el cura, que era un gran santo, a pesar de censurar abiertamente a Paco, el herrero, sus excesos, sentía hacia él una secreta simpatía. Por mucho que tronase no podría olvidar nunca el día de la Virgen, aquel año en que Tomás se puso muy enfermo y no pudo llevar las andas de la imagen. Julián, otro de los habituales portadores de las andas, tuvo que salir del lugar en viaje urgente. La cosa se ponía fea. No surgían sustitutos. Don José, el cura, pensó, incluso, en suspender la procesión. Fue entonces cuando se presentó, humildemente, en la iglesia Paco, el herrero.

—Señor cura, si usted quiere, yo puedo pasear la Virgen por el pueblo. Pero ha de ser a condición de que me dejen a mí solo — dijo.

Don José sonrió maliciosamente al herrero.

—Hijo, agradezco tu voluntad y no dudo de tus fuerzas. Pero la imagen pesa más de doscientos kilos — dijo.

Paco, el herrero, bajó los ojos, un poco avergonzado de su enorme fortaleza.

—Podría llevar encima cien kilos más, señor cura. No sería la primera vez... — insistió.

Y la Virgen recorrió el pueblo sobre los fornidos hombros de Paco, el herrero, a paso lento y haciendo cuatro paradas: en la plaza, ante el Ayuntamiento, frente a Teléfonos y, de regreso, en el atrio de la iglesia, donde se entonó, como era costumbre, una Salve popular. Al concluir la procesión, los chiquillos rodearon admirados a Paco, el herrero. Y éste, esbozando una sonrisa pueril, les obligaba a palparle la camisa en el pecho, en la espalda, en los sobacos.

—Tentad, tentad — les decía —; no estoy sudado; no he sudado ni tampoco una gota.

La Guindilla mayor y las Lepóridas censuraron a don José, el cura, que hubiese autorizado a poner la imagen de la Virgen sobre los hombros más pecadores del pueblo. Y juzgaron el acto meritorio de Paco, el herrero, como una ostentación evidentemente pecaminosa. Pero Daniel, el Mochuelo, estaba en lo cierto: lo que no podía perdonársele a Paco, el herrero, era su complexión y ser el hombre más vigoroso del valle, de todo el valle.

III

EL valle... Aquel valle significaba mucho para Daniel, el Mochuelo. Bien mirado, significaba todo para él. En el valle había nacido y, en once años, jamás franqueó la cadena de altas montañas que lo circuían. Ni experimentó la necesidad de hacerlo siquiera.

A veces, Daniel, el Mochuelo, pensaba que su padre, y el cura, y el maestro, tenían razón, que su valle era como una gran olla independiente, absolutamente aislada del exterior. Y, sin embargo, no era así; el valle tenía su cordón umbilical, un doble cordón umbilical, mejor dicho, que le vitalizaba al mismo tiempo que le maleaba: la vía férrea y la carretera. Ambas vías atravesaban el valle de sur a norte, provenían de la parda y reseca llanura de Castilla y buscaban la llanura azul del mar. Constituían, pues, el enlace de dos inmensos mundos contrapuestos.

En su trayecto por el valle, la vía, la carretera y el río — que se unía a ellas después de lanzarse en un frenesí de rápidos y torrentes desde lo alto del Pico Rando — se entrecruzaban una y mil veces, creando una inquieta topografía de puentes, túneles, pasos a nivel y viaductos.

En primavera y verano, Roque, el Moñigo, y Daniel, el Mochuelo, solían sentarse, al caer la tarde, en cualquier leve prominencia y desde allí contemplaban, agobiados por una unción casi religiosa, la lánguida e ininterrumpida vitalidad del valle. La vía del tren y la carretera dibujaban, en la hondonada, violentos y frecuentes zigzags; a veces se buscaban, otras se repelían, pero siempre, en la perspectiva, eran como dos blancas estelas abiertas entre el verdor compacto de los prados y los maizales. En la distancia, los trenes, los automóviles y los blancos caseríos tomaban proporciones de diminutas figuras de "nacimiento" increíblemente lejanas y, al propio tiempo, incomprensiblemente próximas y manejables. En ocasiones se divisaban dos y tres trenes simultáneamente, cada cual con su negro penacho de humo colgado de la atmósfera, quebrando la hiriente uniformidad vegetal de la pradera. ¡Era gozoso ver surgir las locomotoras de las bocas de los túneles! Surgían como los grillos cuando el Moñigo o él orinaban, hasta anegarlas, en las huras del campo. Locomotora y grillo evidenciaban, al salir de sus agujeros, una misma expresión de jadeo, amedrentamiento y ahogo.

Le gustaba al Mochuelo sentir sobre sí la quietud serena y reposada del valle, contemplar el conglomerado de prados, divididos en parcelas, y salpicados de caseríos dispersos. Y, de vez en cuando, las manchas oscuras y espesas de los bosques de castaños o la tonalidad clara y mate de las aglomeraciones de eucaliptos. A lo lejos, por todas partes, las montañas, que, según la estación y el clima, alteraban su contextura, pasando de una extraña ingravidez vegetal a una solidez densa, mineral y plomiza en los días oscuros.

Al Mochuelo le agradaba aquello más que nada, quizá, también, porque no conocía otra cosa. Le agradaba constatar el paralizado estupor de los campos y el verdor frenético del valle y las rachas de ruido y velocidad que la civilización enviaba de cuando en cuando, con una exactitud casi cronométrica.

Muchas tardes, ante la inmovilidad y el silencio de la Naturaleza, perdían el sentido del tiempo y la noche se les echaba encima. La bóveda del firmamento iba poblándose de estrellas y Roque, el Moñigo, se sobrecogía bajo una especie de pánico astral. Era en estos casos, de noche y lejos del mundo, cuando a Roque, el Moñigo, se le ocurrían ideas inverosímiles, pensamientos que normalmente no le inquietaban:

Dijo una vez:

—Mochuelo, ¿es posible que si cae una estrella de ésas no llegue nunca al fondo?

Daniel, el Mochuelo, miró a su amigo, sin comprenderle.

—No sé lo que me quieres decir — respondió.

El Moñigo luchaba con su deficiencia de expresión. Accionó repetidamente con las manos, y, al fin, dijo:

—Las estrellas están en el aire, ¿no es eso?

—Eso.

—Y la Tierra está en el aire también como otra estrella, ¿verdad? — añadió.

—Sí; al menos eso dice el maestro.

—Bueno, pues es lo que te digo. Si una estrella se cae y no choca con la Tierra ni con otra estrella, ¿no llega nunca al fondo? ¿Es que ese aire que las rodea no se acaba nunca?

Daniel, el Mochuelo, se quedó pensativo un instante. Empezaba a dominarle también a él un indefinible desasosiego cósmico. La voz surgió de su garganta indecisa y aguda como un lamento.

—Moñigo.

—¿Qué?

—No me hagas esas preguntas; me mareo.

—¿Te mareas o te asustas?

—Puede que las dos cosas — admitió.

Rió, entrecortadamente, el Moñigo.

—Voy a decirte una cosa — dijo luego.

—¿Qué?

—También a mí me dan miedo las estrellas y todas esas cosas que no se abarcan o no se acaban nunca. Pero no lo digas a nadie, ¿oyes? Por nada del mundo querría que se enterase de ello mi hermana Sara.

El Moñigo escogía siempre estos momentos de reposo solitario para sus confidencias. Las ingentes montañas, con sus recias crestas recortadas sobre el horizonte, imbuían al Moñigo una irritante impresión de insignificancia. Si la Sara, pensaba Daniel, el Mochuelo, conociera el flaco del Moñigo, podría, fácilmente, meterlo en un puño. Pero, naturalmente, por su parte, no lo sabría nunca. Sara era una muchacha antipática y cruel y Roque su mejor amigo. ¡Que adivinase ella el terror indefinible que al Moñigo le inspiraban las estrellas!

Al regresar, ya de noche, al pueblo, se hacía más notoria y perceptible la vibración vital del valle. Los trenes pitaban en las estaciones diseminadas y sus silbidos rasgaban la atmósfera como cuchilladas. La tierra exhalaba un agradable vaho a humedad y a excremento de vaca. También olía, con más o menos fuerza, la hierba según el estado del cielo o la frecuencia de las lluvias.

A Daniel, el Mochuelo, le placían estos olores, como le placía oír en la quietud de la noche el mugido soñoliento de una vaca o el lamento chirriante e iterativo de una carreta de bueyes avanzando a trompicones por una cambera.

En verano, con el cambio de hora, regresaban al pueblo de día. Solían hacerlo por encima del túnel, escogiendo la hora del paso del tranvía interprovincial. Tumbados sobre el montículo, asomando la nariz al precipicio, los dos rapaces aguardaban impacientes la llegada del tren. La hueca resonancia del valle aportaba a sus oídos, con tiempo suficiente, la proximidad del convoy. Y, cuando el tren surgía del túnel, envuelto en una nube densa de humo, les hacía estornudar y reír con espasmódicas carcajadas. Y el tren se deslizaba bajo sus ojos, lento y traqueteante, monótono, casi al alcance de la mano.

Desde allí, por un senderillo de cabras, descendían a la carretera. El río cruzaba bajo el puente, con una sonoridad adusta de catarata. Era una corriente de montaña que discurría con fuerza entre grandes pie-

dras reacias a la erosión. El murmullo oscuro de las
aguas se remansaba, veinte metros más abajo, en la
Poza del Inglés, donde ellos se bañaban en las tardes
calurosas del estío.

En la confluencia del río y la carretera, a un kilómetro largo del pueblo, estaba la taberna de Quino,
el Manco. Daniel, el Mochuelo, recordaba los buenos tiempos, los tiempos de las transacciones fáciles
y baratas. En ellos, el Manco, por una perra chica les
servía un gran vaso de sidra de barril y, encima les
daba conversación. Pero los tiempos habían cambiado últimamente y, ahora, Quino, el Manco, por cinco
céntimos, no les daba más que conversación.

La tasca de Quino, el Manco, se hallaba casi siempre vacía. El Manco era generoso hasta la prodiga-
lidad y en los tiempos que corrían resultaba arries-
gado ser generoso. En la taberna de Quino, por unas
causas o por otras, sólo se despachaba ya un pésimo
vino tinto con el que mataban la sed los obreros y em-
pleadas de la fábrica de clavos, ubicada quinientos metros río abajo.

Más allá de la taberna, a la izquierda, doblando
la última curva, se hallaba la quesería del padre del
Mochuelo. Frente por frente, un poco internada en
los prados, la estación y, junto a ella, la casita alegre,
blanca y roja de Cuco, el factor. Luego, en plena varga ya, empezaba el pueblo propiamente dicho.

Era, el suyo, un pueblecito pequeño y retraído y
vulgar. Las casas eran de piedra, con galerías abiertas y colgantes de madera, generalmente pintadas de
azul. Esta tonalidad contrastaba, en primavera y ve-

rano, con el verde y rojo de los geranios que infestaban galerías y balcones.

La primera casa, a mano izquierda, era la botica. Anexas estaban las cuadras, las magníficas cuadras de don Ramón, el boticario-alcalde, llenas de orondas, pacientes y saludables vacas. A la puerta de la farmacia existía una campanilla, cuyo repiqueteo distraía a don Ramón de sus afanes municipales para reintegrarle, durante unos minutos, a su profesión.

Siguiendo varga arriba, se topaba uno con el palacio de don Antonino, el marqués, preservado por una alta tapia de piedra, lisa e inexpugnable; el tallercito del zapatero; el Ayuntamiento, con un arcaico escudo en el frontis; la tienda de las Guindillas y su escaparate recompuesto y variado; la fonda, cuya famosa galería de cristales flanqueaba dos de las bandas del edificio; a la derecha de ésta, la plaza cubierta de boñigas y guijos y con una fuente pública, de dos caños, en el centro; cerrando la plaza, por el otro lado, estaba el edificio del Banco y, después, tres casas de vecinos con sendos jardinillos delante.

Por la derecha, frente a la botica, se hallaba la finca de Gerardo, el Indiano, cuyos árboles producían los mejores frutos de la comarca; la cuadra de Pancho, el Sindiós, donde circunstancialmente estuvo instalado el cine; la taberna del Chano; la fragua de Paco, el herrero; las oficinas de Teléfonos, que regentaban las Lepóridas; el bazar de Antonio, el Buche, y la casa de don José, el cura, que tenía la rectoría en la planta baja.

Trescientos metros más allá, varga abajo, estaba

la iglesia, de piedra también, sin un estilo definido, y con un campanario erguido y esbelto. Frente a ella, los nuevos edificios de las escuelas, encalados y con las ventanas pintadas de verde, y la vivienda de don Moisés, el maestro.

Visto así, a la ligera, el pueblo no se diferenciaba de tantos otros. Pero para Daniel, el Mochuelo, todo lo de su pueblo era muy distinto a lo de los demás. Los problemas no eran vulgares, su régimen de vida revelaba talento y de casi todos sus actos emanaba una positiva trascendencia. Otra cosa es que los demás no quisieran reconocerlo.

Con frecuencia, Daniel, el Mochuelo, se detenía a contemplar las sinuosas callejas, la plaza llena de boñigas y guijarros, los penosos edificios, concebidos tan sólo bajo un sentido utilitario. Pero esto no le entristecía en absoluto. Las calles, la plaza y los edificios no hacían un pueblo, ni tan siquiera le daban fisonomía. A un pueblo lo hacían sus hombres y su historia. Y Daniel, el Mochuelo, sabía que por aquellas calles cubiertas de pastosas boñigas y por las casas que las flanqueaban, pasaron hombres honorables, que hoy eran sombras, pero que dieron al pueblo y al valle un sentido, una armonía, unas costumbres, un ritmo, un modo propio y peculiar de vivir.

¿Que el pueblo era ferozmente individualista y que una corporación pública tuviera poco que hacer en él, como decía don Ramón, el alcalde? Bien. El Mochuelo no entendía de individualismo, ni de corporaciones públicas y no poseía razones para negarlo. Pero, si era así, los males consiguientes no rebasaban

el pueblo y, después de todo, ellos mismos pagaban
sus propios pecados.

¿Que preferían no asfaltar la plaza antes de que
les aumentasen los impuestos? Bien. Por eso la sangre no iba a llegar al río. "La cosa pública es un
desastre", voceaba, a la menor oportunidad, don Ramón. "Cada uno mira demasiado lo propio y olvida
que hay cosas que son de todos y que hay que cuidar", añadía. Y no había quien le metiera en la cabeza que ese egoísmo era flor o espina, o vicio o virtud de toda una raza.

Pero, ni por esto, ni por nada, podían regateár-
sele al pueblo sus cualidades de eficiencia, seriedad y
discreción. Cada uno en lo suyo, desde luego, pero
los vagos no son vagos porque no quieran trabajar en
las cosas de los demás. El pueblo, sin duda, era de una
eficacia sobria y de una discreción edificante.

¿Que la Guindilla mayor y el Cuco, el factor, no
eran discretos? Bien. En ningún cuerpo falta un lunar. Y, en cuanto al individualismo del pueblo, ¿se
bastaban por sí solos los mozos y las mozas los sábados por la tarde y los domingos? Don José, el cura,
que era un gran santo, solía manifestar, contristado:
"Es lástima que vivamos uno a uno para todas las cosas y necesitemos emparejarnos para ofender al Señor."

Pero tampoco don José, el cura, quería entender
que esa sensualidad era flor o espina, o vicio o pecado
de toda una raza.

IV

Las cosas pasaron en su momento y, ahora, Daniel, el Mochuelo, las recordaba con fruición. Su padre, el quesero, pensó un nombre antes de tener un hijo; tenía un nombre y le arropaba y le mimaba y era ya, casi, como tener un hijo. Luego, más tarde, nació Daniel.

Daniel, el Mochuelo, evocaba sus primeros pasos por la vida. Su padre emanaba un penetrante olor, era como un gigantesco queso, blando, blanco, pesadote. Pero, Daniel, el Mochuelo, se gozaba en aquel olor que impregnaba a su padre y que le inundaba a él, cuando, en las noches de invierno, frente a la chimenea, acariciándole, le contaba la historia de su nombre.

El quesero había querido un hijo antes que nada para poder llamarle Daniel. Y se lo decía a él, al Mochuelo, cuando apenas contaba tres años y manosear su cuerpecillo carnoso y rechoncho equivalía a prolongar la cotidiana faena en el entremijo.

Pudo bautizarle con mil nombres diferentes, pero el quesero prefirió Daniel.

—¿Sabes que Daniel era un profeta que fue ence-

rrado en una jaula con diez leones y los leones no
se atrevieron a hacerle daño? — le decía, estrujándole
amorosamente.

El poder de un hombre cuyos ojos bastaban para
mantener a raya a una jauría de leones, era un poder
superior al poder de todos los hombres; era un acontecimiento insólito y portentoso que desde niño había
fascinado al quesero.

—Padre, ¿qué hacen los leones?

—Morder y arañar.

—¿Son peores que los lobos?

—Más feroces.

—¿Queeeé?

El quesero facilitaba la comprensión del Mochuelo como una madre que mastica el alimento antes de
darlo a su hijito.

—Hacen más daño que los lobos, ¿entiendes?
— decía.

Daniel, el Mochuelo, no se saciaba:

—¿Verdad que los leones son más grandes que
los perros?

—Más grandes.

—¿Y por qué a Daniel no le hacían nada?

Al quesero le complacía desmenuzar aquella historia:

—Les vencía sólo con los ojos; sólo con mirar-
les; tenía en los ojos el poder de Dios.

—¿Queeeé?

Apretaba al hijo contra sí:

—Daniel era un santo de Dios.

—¿Qué es eso?

La madre intervenía, precavida:

—Deja al chico ya; le enseñas demasiadas cosas para la edad que tiene.

Se lo quitaba al padre y le acostaba. También su madre hedía a boruga y a cuajada. Todo, en su casa, olía a cuajada y a requesón. Ellos mismos eran un puro y decantado olor. Su padre llevaba aquel tufo hasta en el negro de las uñas de las manos. A veces, Daniel, el Mochuelo, no se explicaba por qué su padre tenía las uñas negras trabajando con leche o por qué los quesos salían blancos siendo elaborados cor aquellas uñas tan negras.

Pero luego, su padre se distanció de él; ya no le hacía arrumacos ni carantoñas. Y eso fue desde que su padre se dio cuenta de que el chico ya podía aprender las cosas por sí. Fue entonces cuando comenzó a ir a la escuela y cuando se arrimó al Moñigo en busca de amparo. A pesar de todo, su padre, su madre y la casa entera, seguían oliendo a boruga y a requesón. Y a él seguía gustándole aquel olor, aunque Roque, el Moñigo, dijese que a él no le gustaba, porque olía lo mismo que los pies.

Su padre se distanció de él como de una cosa hecha, que ya no necesita de cuidados. Le daba desilusión a su padre verle valerse por sí, sin precisar de su patrocinio. Pero, además, el quesero se tornó taciturno y malhumorado. Hasta entonces, como decía su mujer, había sido como una perita en dulce. Y fue el cochino afán del ahorro lo que agrió su carácter. El ahorro, cuando se hace a costa de una necesidad insatisfecha, ocasiona en los hombres acritud y encono. Así le sucedió al quesero. Cualquier gasto menudo o el menor desembolso superfluo le producían un disgusto exagerado. Quería ahorrar, tenía que ahorrar por encima de todo, para que Daniel, el Mochuelo, se hiciera un hombre en la ciudad, para que progresase y no fuera como él, un pobre quesero.

Lo peor es que de esto nadie sacaba provecho. Daniel, el Mochuelo, jamás lo comprendería. Su padre sufriendo, su madre sufriendo y él sufriendo, cuando el quitarle el sufrimiento a él significaría el fin del sufrimiento de todos los demás. Pero esto hubiera sido truncar el camino, resignarse a que Daniel, el Mochuelo, desertase de progresar. Y esto no lo haría el quesero; Daniel progresaría aunque fuese a costa del sacrificio de toda la familia, empezando por él mismo.

No. Daniel, el Mochuelo, no entendería nunca estas cosas, estas tozudeces de los hombres y que se justificaban como un anhelo lógico de liberarse. Liberarse, ¿de qué? ¿Sería él más libre en el colegio, o en la Universidad, que cuando el Moñigo y él se peleaban a boñigazo limpio en los prados del valle? Bueno, quizá sí; pero él nunca lo entendería.

Su padre, por otra parte, no supo lo que hizo cuando le puso el nombre de Daniel. Casi todos los padres de todos los chicos ignoraban lo que hacían al bautizarles. Y también lo ignoró el padre del maestro y el padre de Quino, el Manco, y el padre de Antonio, el Buche, el del bazar. Ninguno sabía lo que hacía cuando don José, el cura, que era un gran santo, volcaba la concha llena de agua bendita sobre la cabeza del recién nacido. O si sabían lo que hacían,

¿por qué lo hacían así, a conciencia de que era inútil?

A Daniel, el Mochuelo, le duró el nombre lo que la primera infancia. Ya en la escuela dejó de llamarse Daniel, como don Moisés, el maestro, dejó de llamarse Moisés a poco de llegar al pueblo.

Don Moisés, el maestro, era un hombre alto, desmedrado y nervioso. Algo así como un esqueleto recubierto de piel. Habitualmente torcía media boca como si intentase morderse el lóbulo de la oreja. La molicie o el contento le hacían acentuar la mueca de tal manera que la boca se le rasgaba hasta la patilla, que se afeitaba muy abajo. Era una cosa rara aquel hombre, y a Daniel, el Mochuelo, le asustó y le interesó desde el primer día de conocerle. Le llamaba Peón, como oía que le llamaban los demás chicos, sin saber por qué. El día que le explicaron que le bautizó el juez así en atención a que don Moisés "avanzaba de frente y comía de lado", Daniel, el Mochuelo, se dijo que "bueno", pero continuó sin entenderlo y llamándole Peón un poco a tontas y a locas.

Por lo que a Daniel, el Mochuelo, concernía, es verdad que era curioso y todo cuanto le rodeaba lo encontraba nuevo y digno de consideración. La escuela, como es natural, le llamó la atención más que otras cosas, y más que la escuela en sí, el Peón, el maestro, y su boca inquieta e incansable y sus negras y espesas patillas de bandolero.

Germán, el hijo del zapatero, fue quien primero reparó en su modo de mirar las cosas. Un modo de mirar las cosas atento, concienzudo e insaciable.

—Fijaos — dijo —; lo mira todo como si le asustase.

Y todos le miraron con mortificante detenimiento.

—Y tiene los ojos verdes y redondos como los gatos — añadió un sobrino lejano de don Antonino, el marqués.

Otro precisó aún más y fue el que dio en el clavo:

—Mira lo mismo que un mochuelo.

Y con Mochuelo se quedó, pese a su padre y pese al profeta Daniel y pese a los diez leones encerrados con él en una jaula y pese al poder hipnótico de los ojos del profeta. La mirada de Daniel, el Mochuelo, por encima de los deseos de su padre, el quesero, no servía siquiera para apaciguar a una jauría de chiquillos. Daniel se quedó para usos domésticos. Fuera de casa sólo se le llamaba Mochuelo.

Su padre luchó un poco por conservar su antiguo nombre y hasta un día se peleó con la mujeruca que traía el fresco en el mixto; pero fue en balde. Tratar de impedir aquello era lo mismo que tratar de contener la impetuosa corriente del río en primavera. Una cosa vana. Y él sería, en lo sucesivo, Mochuelo, como don Moisés era el Peón; Roque, el Moñigo; Antonio, el Buche; doña Lola, la tendera, la Guindilla mayor, y las de Teléfonos, las Cacas y las Lepóridas.

Aquel pueblo administraba el sacramento del bautismo con una pródiga y mordaz desconsideración.

V

Es verdad que la Guindilla mayor se tenía bien ganado su apodo por su carita redonda y coloradita y su carácter picante y agrio como el aguardiente. Por añadidura era una cotilla. Y a las cotillas no las viene mal todo lo que les caiga encima. No tenía ningún derecho, por otra parte, a tratar de dominar al pueblo. El pueblo quería ser libre e independiente y a ella ni le iba ni le venía, a fin de cuentas, si Pancho creía o no creía en Dios, si Paco, el herrero, era abstemio o bebía vino, o si el padre de Daniel, el Mochuelo, fabricaba el queso con las manos limpias o con las uñas sucias. Si esto le repugnaba, que no comiera queso y asunto concluido.

Daniel, el Mochuelo, no creía que hacer lo que la Guindilla mayor hacía fuese ser buena. Los buenos eran los demás que le admitían sus impertinencias e, incluso, la nombraban presidenta de varias asociaciones piadosas. La Guindilla mayor era un esperpento y una víbora. A Antonio, el Buche, le asistía la razón al decir esto, aunque el Buche pensase más, al fallar así, en la competencia comercial que le hacía la Guindilla, que en sus defectos físicos y morales.

La Guindilla mayor, no obstante el tono rojizo de su piel, era alta y seca como una cucaña, aunque ni siquiera tenía, como ésta, un premio en la punta. Total, que la Guindilla no tenía nada, aparte unas narices muy desarrolladas, un afán inmoderado de meterse en vidas ajenas y un vario y siempre renovado repertorio de escrúpulos de conciencia.

A don José, el cura, que era un gran santo, le traía de cabeza.

—Mire usted, don José — le decía, cualquier día, un minuto antes de empezar la misa —, anoche no pude dormir pensando que si Cristo en el Monte de los Olivos se quedó solo y los apóstoles se durmieron, ¿quién pudo ver que el Redentor sudase sangre?

Don José entornaba los ojillos, penetrantes como puntas de alfileres:

—Tranquiliza tu conciencia, hija; esas cosas las conocemos por revelación.

La Guindilla mayor lloriqueaba desazonada y hacía cuatro pucheros. Decía:

—¿Cree usted, don José, que podré comulgar tranquila habiendo pensado esas cosas?

Don José, el cura, debía usar de la paciencia de Job para soportarla:

—Si no tienes otras faltas puedes hacerlo.

Y así un día y otro día.

—Don José, anoche no pegué un ojo dando vueltas al asunto del Pancho. ¿Cómo puede recibir este hombre el sacramento del matrimonio si no cree en Dios?

Y unas horas después:

—Don José, no sé si me podrá absolver usted. Ayer domingo leí un libro pecaminoso que hablaba de las religiones en Inglaterra. Los protestantes están allí en franca mayoría. ¿Cree usted, don José, que si yo hubiera nacido en Inglaterra, hubiera sido protestante?

Don José, el cura, tragaba saliva:

—No sería difícil, hija.

—Entonces me acuso, padre, de que podría ser protestante de haber nacido en Inglaterra.

Doña Lola, la Guindilla mayor, tenía treinta y nueve años cuando Daniel, el Mochuelo, nació. Tres años después, el Señor la castigó en lo que más podía dolerle. Pero no es menos cierto que la Guindilla mayor se impuso a su dolor con la rigidez y destemplanza con que solía imponerse a sus convecinos.

El hecho de que a doña Lola se la conociera por la Guindilla mayor ya hace presumir que hubiese otras Guindillas menores. Y así era; las Guindillas habían sido tres, aunque ahora solamente restasen dos: la mayor y la menor; las dos Guindillas. Eran hijas de un guardia civil, durante muchos años jefe de puesto en el pueblo. Al morir el guardia, que, según las malas lenguas, que nunca faltan, falleció de pena por no tener un hijo varón, dejó unos ahorros con los que sus hijas establecieron una tienda. Naturalmente que el sargento murió en unos tiempos en que un suboficial de la Guardia civil podía, con su sueldo, vivir discre-

tamente y aun ahorrar un poco. Desde la muerte del
guardia — su mujer había muerto años antes — Lola,
la Guindilla mayor, se hizo cargo de las riendas del
hogar. Se impuso a sus hermanas por edad y por estatura.

Daniel, el Mochuelo, no conoció más que a dos
Guindillas, pero según había oído decir en el pueblo,
la tercera fue tan seca y huesuda como ellas y, en su
época, resultó problema difícil diferenciarlas sin efec-
tuar, previamente, un prolijo y minucioso análisis.

Nada de eso desmiente que las dos Guindillas menores hicieran pasar, en vida, a su hermana mayor un
verdadero purgatorio. La del medio era dejada y pe-
rezosa y su carácter y manera de ser trascendía al
pueblo que, por los gritos y estridentes reconvenciones
que a toda hora salían de la trastienda y la casa de
las Guindillas, seguía la mala, y aun peor, situación
de las relaciones fraternas. Eso sí, decían en el pueblo y debía ser verdad porque lo decían todos, que
jamás mientras las tres Guindillas vivieron juntas se
las vio faltar un día a la misa de ocho que don José,
el cura, que era un gran santo, decía en la parroquia,
ante el altar de san Roque. Allí caminaban, tiesas y
erguidas, las tres, hiciera frío, lloviera o tronase. Además marchaban regularmente, marcando el paso, porque su padre, aparte de los ahorros, dejó a sus hijas en
herencia un muy despierto y preciso sentido del ritmo militar y de otras virtudes castrenses. Un-dos, un-
dos, un-dos; allá avanzaban las tres Guindillas, con
sus bustos secos, sus caderas escurridas y su soberbia

estatura, camino de la iglesia, con los velos anudados a la barbilla y el breviario debajo del brazo.

Un invierno, la del medio, Elena, murió. Se apagó una mañana fosca y lluviosa de diciembre. Cuando la gente acudió a dar el pésame a las dos hermanas supervivientes, la Guindilla mayor se santiguaba y repetía:

—Dios es sabio y justo en sus decisiones; se ha llevado a lo más inútil de la familia. Démosle gracias.

Ya en el pequeño cementerio rayano a la iglesia, cuando cubrían con tierra el cuerpo descarnado de Elena — la Guindilla del medio —, varias plañideras comenzaron a gimotear. La Guindilla mayor se encaró con ellas, áspera y digna y destemplada:

—No la lloréis — dijo —; ha muerto de desidia.

Y, desde entonces, el trío se convirtió en dúo y en la misa de ocho que don José, el cura, que era un gran santo, rezaba ante el altar de san Roque, se echaba de menos el afilado y breve volumen de la Guindilla difunta.

Pero fue aún peor lo que ocurrió con la Guindilla menor. A fin de cuentas lo de la del medio fue designio de Dios, mientras lo de la otra fue una flaqueza de la carne y por lo tanto debido a su libre y despreocupado albedrío.

Por aquel entonces se estableció en el pueblo la pequeña sucursal del Banco que ahora remataba uno de los costados de la plaza. Con el director arribó un oficialito apuesto y bien vestido al que sólo por verle la cara de cerca, a través de la ventanilla, le llevaban sus ahorros las vecinas de la calle. Fue un buen cebo el que utilizó el Banco para atrapar clientela. Un procedimiento que cualquier financiero de talla hubiera recusado, pero que en el pueblo rindió unos resultados formidables. Tanto fue así que Ramón, el hijo del boticario, que empezaba entonces sus estudios jurídicos, lamentó no estar en condiciones todavía de elaborar su tesis doctoral que hubiera hecho muy a gusto sobre el original tema "Influencia de un personal escrupulosamente escogido en las economías de un pueblo". Con lo de "economías" se refería a "ahorros" y con lo de "pueblo", concretamente, a su "pequeña aldea". Lo que ocurría es que sonaba muy bien aquello de "economía de un pueblo" y daba a su hipotético trabajo, y aunque él lo decía en broma, una mayor altura y un alcance mucho más amplio.

Con la llegada de Dimas, el oficialito del Banco, los padres y los maridos del pueblo se pusieron en guardia. Don José, el cura, que era un gran santo, charló repetidas veces con don Dimas, apuntándole las grandes consecuencias que su bigote podría acarrear sobre el pueblo, para bien o para mal. La asiduidad con que el cura y don Dimas se entrevistaban diluyó no poco el recelo de padres y maridos y hasta la Guindilla menor consideró que no era imprudente ni irreligioso dejarse acompañar, de cuando en cuando, por don Dimas, aunque su hermana mayor, extremando el comedimiento, la censurase a gritos "su libertinaje y su descoco notorios".

Lo cierto es que a la Guindilla menor, que hasta entonces se la antojara aquel valle una cárcel vacía y

sin luz, se le abrieron repentinamente los horizontes
y reparó, por vez primera en su vida, en la belleza de
las montañas abruptas, las calidades poéticas de la
verde campiña y en lo sugestivo que resultaba oír ras-
garse la noche del valle por el estridente pitido de un
tren. Naderías, al fin y al cabo, pero naderías que lo-
gran una afilada trascendencia cuando se tiene el corazón encandilado.

Una tarde, la Guindilla menor regresó de su acos-
tumbrado paseo alborozada:

—Hermana — dijo —. No sé de dónde te viene
esa inquina hacia Dimas. Es el mejor hombre que he
conocido. Hoy le hablé de nuestro dinero y él me dio
en seguida cuatro ideas para colocarlo bien. Le he
dicho que lo teníamos en un Banco de la ciudad y
que hablaríamos tú y yo antes de decidirme.

Aulló, escocida, la Guindilla mayor:

—¿Y le has dicho que se trata solamente de mil
duros?

Sonrió la Guindilla menor ante el menosprecio que
su hermana hacía de su sagacidad:

—No, naturalmente. De la cifra no he dicho nada
— dijo.

Lola, la Guindilla mayor, levantó sus hombros hue-
sudos en ademán de impotencia. Luego chilló, dejando resbalar las palabras, como por un tobogán, a
lo largo de su afilada nariz:

—¿Sabes lo que te digo? Que ese hombre es un
truhán que se está burlando de ti. ¿No ves que todo
el pueblo anda en comentarios y riéndose de tu tontería? Serás tú la única que no se entere, hermana.

— Cambió repentinamente el tono de su voz, suavizándolo: — Tienes treinta y seis años, Irene; podrías ser casi la madre de ese muchacho. Piénsalo bien.

Irene, la Guindilla menor, adoptó una actitud levantisca, de mar encrespada.

—Me duelen tus recelos, Lola, para que lo sepas — dijo —. Me fastidian tus malévolas insinuaciones. Nada tiene de particular, creo yo, que se entiendan un hombre y una mujer. Y nada significa que se lleven unos años. Lo que ocurre es que todas las del pueblo, empezando por ti, me tenéis envidia. ¡Eso es todo!

Las dos Guindillas se separaron con las narices en alto. A la tarde siguiente, Cuco, el factor, anunció en el pueblo que doña Irene, la Guindilla menor, y don Dimas, el del Banco, habían cogido el mixto para la ciudad. A la Guindilla mayor, al enterarse, le vino un golpe de sangre a la cara que le ofuscó la razón. Se desmayó. Tardó más de cinco minutos en recobrar el sentido. Cuando lo hizo, extrajo de un apolillado arcón el traje negro que aún conservaba desde la muerte de su padre, se embuchó en él, y marchó a paso rápido a la rectoría.

—Don José, Dios mío, qué gran desgracia — dijo al entrar.

—Serénate, hija.

Se sentó la Guindilla en una silla de mimbre, junto a la mesa del cura. Interrogó a don José con la mirada.

—Sí, ya lo sé; el Cuco me lo contó todo — respondió el párroco.

Ella respiró fuerte y sus costillas resonaron como si entrechocasen. Seguidamente se limpió una lágrima, redonda y apretada como un goterón de lluvia.

—Escúcheme con atención, don José — dijo —, tengo una horrible duda. Una duda que me corroe las entrañas. Irene, mi hermana, es ya una prostituta, ¿no es eso?

El cura se ruborizó un poco:

—Calla, hija. No digas disparates.

Cerró el párroco el breviario que estaba leyendo y carraspeó, pero su voz salió, no obstante, empañada de una sorda gangosidad.

—Escucha — dijo —, no es una prostituta la mujer que se da a un hombre por amor. La prostituta es la que hace de su cuerpo y de las gracias que Dios le ha dado un comercio ilícito; la que se entrega a todos los hombres por un estipendio. ¿Comprendes la diferencia?

La Guindilla irguió el busto, inexorable:

—Padre, de todas maneras lo que ha hecho Irene es un gravísimo pecado, un asqueroso pecado, ¿no es cierto?

—Lo es, hija — respondió el cura —, pero no irreparable. Creo conocer a don Dimas y no me parece mal muchacho. Se casarán.

La Guindilla mayor se cubrió los ojos con los dedos descarnados y reprimió a medias un sollozo:

—Padre, padre, pero aún hay otra cosa — dijo —. A mi hermana le ha hecho caer el ardor de la sangre. Es su sangre la que ha pecado. Y mi sangre es la misma que la de ella. Yo podría haber hecho otro tanto. Padre, padre, me acuso de ello. De todo corazón, horriblemente contristada, me arrepiento de ello.

Se levantó don José, el cura, que era un gran santo, y le tocó la cabeza con dos dedos:

—Ve, hija. Ve a tu casa y tranquilízate. Tú no tienes la culpa de nada. Lo de Irene, ya lo arreglaremos.

Lola, la Guindilla mayor, abandonó la rectoría. En cierto modo iba más consolada. Por el camino se repitió mil veces que estaba obligada a expresar su dolor y vergüenza de modo ostensible, ya que perder la honra siempre era una desgracia mayor que perder la vida. Influida por esta idea, al llegar a casa, recortó un cartoncito de una caja de zapatos, tomó un pincel y a trazos nerviosos escribió: "Cerrado por deshonra". Bajó a la calle y lo fijó a la puerta de la tienda.

El establecimiento, según le contaron a Daniel, el Mochuelo, estuvo cerrado diez días con sus diez noches consecutivas.

VI

PERO Daniel, el Mochuelo, sí sabía ahora lo que era tener el vientre seco y lo que era un aborto. Estas cosas se hacen sencillas y comprensibles a determinada edad. Antes, le parecen a uno cosa de brujas. El desdoblamiento de una mujer no encuentra sitio en la cabeza humana mientras no se hace evidente la rotundidad delatora. Y eso no pasa casi nunca antes de la Primera Comunión. Los ojos no sirven, antes de esa edad, para constatar las cosas palmarias y cuya simplicidad, más tarde, nos abruma.

Mas también Germán, el Tiñoso, el hijo del zapatero, sabía lo que era un vientre seco y lo que era un aborto. Germán, el Tiñoso, siempre fue un buen amigo, en todas las ocasiones; hasta en las más difíciles. No llegó, con Daniel, el Mochuelo, a la misma intimidad que el Moñigo, por ejemplo, pero ello no era achacable a él, ni a Daniel, el Mochuelo, ni a ninguna de las cosas y fenómenos que dependen de nuestra voluntad.

Germán, el Tiñoso, era un muchacho esmirriado, endeble y pálido. Tal vez con un pelo menos negro no se le hubieran notado tanto las calvas. Porque Germán tenía las calvas en la cabeza desde muy niño y seguramente por eso le llamaban el Tiñoso, aunque, por supuesto, las calvas no fueran de tiña propiamente hablando.

Su padre el zapatero, además del tallercito — a mano izquierda de la carretera, según se sube, pasado el palacio de don Antonino, el marqués — tenía diez hijos: seis como Dios manda, desglosados en unidades, y otros cuatro en dos pares. Claro que su mujer era melliza y la madre de su mujer lo había sido y él tenía una hermana en Cataluña que era melliza también y había alumbrado tres niños de un solo parto y vino, por ello, en los periódicos y el gobernador la había socorrido con un donativo. Todo esto era sintomático sin duda. Y nadie apearía al zapatero de su creencia de que estos fenómenos se debían a un bacilo, "como cualquier otra enfermedad".

Andrés, el zapatero, visto de frente, podía pasar por padre de familia numerosa; visto de perfil, imposible. Con motivos sobrados le decían en el pueblo: "Andrés, el hombre que de perfil no se le ve". Y esto era casi literalmente cierto de lo escuchumizado y flaco que era. Y además, tenía una muy acusada inclinación hacia delante, quien decía que a consecuencia de su trabajo, quien por su afán insaciable por seguir, hasta perderlas de vista, las pantorrillas de las chicas que desfilaban dentro de su campo visual. Viéndole en esta disposición resultaba menos abstruso, visto de frente o de perfil, que fuera padre de diez criaturas. Y por si fuera poco la prole, el tallercito de Andrés, el zapatero, estaba siempre lleno de verderones, canarios y jilgueros enjaulados y en primavera aturdían con su cri-cri desazonador y punzante más de una docena de grillos. El hombre, ganado por el misterio de la fecundación, hacía objeto a aquellos animalitos de toda clase de experiencias. Cruzaba canarias con verderones y canarios con jilgueras para ver lo que salía y él aseguraba que los híbridos ofrecían entonaciones más delicadas y cadenciosas que los pura raza.

Por encima de todo, Andrés, el zapatero, era un filósofo. Si le decían: "Andrés, ¿pero no tienes bastante con diez hijos que aún buscas la compañía de los pájaros?", respondía: "Los pájaros no me dejan oír los chicos".

Por otra parte, la mayor parte de los chicos estaban ya en edad de defenderse. Los peores años habían pasado a la historia. Por cierto que al llamar a quintas a la primera pareja de mellizos sostuvo una discusión acalorada con el Secretario porque el zapatero aseguraba que eran de reemplazos distintos.

—Pero hombre de Dios — dijo el Secretario —, ¿cómo van a ser de diferente quinta siendo gemelos?

A Andrés, el zapatero, se le fueron los ojos tras las rollizas pantorrillas de una moza que había ido a justificar la ausencia de su hermano. Después hurtó el cuello, con un ademán que recordaba al caracol que se reduce en su concha, y respondió:

—Muy sencillo; el Andrés nació a las doce menos diez del día de san Silvestre. Cuando nació el Mariano ya era año nuevo.

Sin embargo, como ambos estaban inscritos en el Registro el 31 de diciembre, Andrés, "el hombre que

de perfil no se le ve", tuvo que acceder a que se le
llevaran juntos a los dos chicos.

Otro de sus hijos, Tomás, estaba bien colocado en
la ciudad, en una empresa de autobuses. Otro, el Biz-
co, le ayudaba en su trabajo. Las demás eran chicas,
salvando, naturalmente, a Germán, el Tiñoso, que era
el más pequeño.

Germán, el Tiñoso, fue el que dijo de Daniel, el
Mochuelo, el día que éste se presentó en la escuela,
que miraba las cosas como si siempre estuviera asustado. Afinando un poco, resultaba ser Germán, el Tiñoso, quien había rebautizado a Daniel, pero éste no
le guardaba ningún rencor por ello, antes bien encontró en él, desde el primer día, una leal amistad.

Las calvas del Tiñoso no fueron obstáculo para una
comprensión. Si es caso, las calvas facilitaron aquella
amistad, ya que Daniel, el Mochuelo, sintió desde el
primer instante una vehemente curiosidad por aquellas
islitas blancas, abiertas en el espeso océano de pelo
negro que era la cabeza del Tiñoso.

Sin embargo, a pesar de que las calvas del Tiñoso no constituían motivo de preocupación en casa del
zapatero ni en su reducido círculo de amigos, la Guindilla mayor, guiada por su frustrado instinto maternal
en el que envolvía a todo el pueblo, decidió intervenir en el asunto, por más que el asunto ni le iba ni
le venía. Mas la Guindilla mayor era muy aficionada
a entrometerse donde nadie la llamaba. Entendía que
su desmedido interés por el prójimo lo dictaba su ferviente anhelo de caridad, su alto sentido de la frater-
nidad cristiana, cuando lo cierto era que la Guindilla

mayor utilizaba esta treta para poder husmear en todas partes bajo un rebozo, poco convincente, de pru-
dencia y discreción.

Una tarde, estando Andrés, "el hombre que de perfil no se le ve", afanando en su cuchitril, le sorprendió
la llegada de doña Lola, la Guindilla.

—Zapatero — dijo, apenas estuvo ante él —, ¿cómo
tiene usted al chiquillo con esas calvas?

El zapatero no perdió la compostura ni apartó la
vista de su tarea.

—Déjele estar señora — respondió —. A la vuelta de cien años ni se le notarán las calvas.

Los grillos, los verderones y los jilgueros armaban
una algarabía espantosa y la Guindilla y el zapatero
habían de entenderse a gritos.

—¡Tenga! — añadió ella, autoritaria —. Por las noches le va usted a poner esta pomada.

El zapatero alzó la vista hasta ella, cogió el tubo,
lo miró y remiró por todas partes y, luego, se lo devolvió a la Guindilla.

—Guárdeselo — dijo —; esto no vale. Al chiquillo
le ha pegado las calvas un pájaro.

Y continuó trabajando.

Aquello podía ser verdad y podía no serlo. Por de
pronto, Germán, el Tiñoso, sentía una afición desme-
dida por los pájaros. Seguramente se trataba de una
reminiscencia de su primera infancia, desarrollada entre estridentes pitidos de verderones, canarios y jilgueros. Nadie en el valle entendía de pájaros como Germán, el Tiñoso, que además, por los pájaros, era capaz
de pasarse una semana entera sin comer ni beber. Esta

cualidad influyó mucho, sin duda, en que Roque, el Moñigo, se aviniese a hacer amistad con aquel rapaz físicamente tan deficiente.

Muchas tardes, al salir de la escuela, Germán les decía:

—Vamos. Sé dónde hay un nido de curas. Tiene doce crías. Está en la tapia del boticario.

O bien:

—Venid conmigo al prado del Indiano. Está lloviznando y los tordos saldrán a picotear las boñigas.

Germán, el Tiñoso, distinguía como nadie a las aves por la violencia o los espasmos del vuelo o por la manera de gorjear; adivinaba sus instintos; conocía, con detalle, sus costumbres; presentía la influencia de los cambios atmosféricos en ellas y se diría que, de haberlo deseado, hubiera aprendido a volar.

Esto, como puede suponerse, constituía para el Mochuelo y el Moñigo un don de inapreciable valor. Si iban a pájaros no podía faltar la compañía de Germán, el Tiñoso, como a un cazador que se estime en algo no puede faltarle el perro.

Esta debilidad del hijo del zapatero le acarreó por otra parte muy serios y sensibles contratiempos. En cierta ocasión, buscando un nido de malvises entre la maleza de encima del túnel, perdió el equilibrio y cayó aparatosamente sobre la vía, fracturándose un pie. Al cabo de un mes, don Ricardo le dio por curado, pero Germán, el Tiñoso, renqueó de la pierna derecha durante toda su vida. Claro que a él no le importaba esto demasiado y siguió buscando nidos con el mismo inmoderado afán que antes del percance.

En otra ocasión, se desplomó desde un cerezo silvestre, donde acechaba a los tordos, sobre una enmarañada zarzamora. Una de las púas le rasgó el lóbulo de la oreja derecha de arriba a abajo, y como él no quiso cosérselo, le quedó el lobulillo dividido en dos como la cola de un frac.

Pero todo esto eran gajes del oficio y a Germán, el Tiñoso, jamás se le ocurrió lamentarse de su cojera, de su lóbulo partido, ni de sus calvas que, al decir de su padre, se las había contagiado un pájaro. Si los males provenían de los pájaros, bienvenidos fuesen. Era la suya una especie de resignación estoica cuyos límites no resultaban nunca previsibles.

—¿No te duele nunca eso? — le preguntó un día el Moñigo, refiriéndose a la oreja.

Germán, el Tiñoso, sonrió, con su sonrisa pálida y triste de siempre.

—Alguna vez me duele el pie cuando va a llover. La oreja no me duele nunca — dijo.

Pero para Roque, el Moñigo, el Tiñoso poseía un valor superior al de un simple experto pajarero. Éste era su propia endeblez constitucional. En este aspecto, Germán, el Tiñoso, significaba un cebo insuperable para buscar camorra. Y Roque, el Moñigo, precisaba de camorras como del pan de cada día. En las romerías de los pueblos colindantes, durante el estío, el Moñigo hallaba frecuentes ocasiones de ejercitar sus músculos. Eso sí, nunca sin una causa sobradamente justificada. Hay un afán latente de pujanza y hegemo-

nía en el coloso de un pueblo hacia los colosos de los
vecinos pueblos, villorrios y aldeas. Y Germán, el Tiñoso, tan enteco y delicado, constituía un buen punto
de contacto entre Roque y sus adversarios; una magní-
fica piedra de toque para deslindar supremacías.

El proceso hasta la ruptura de hostilidades no va-
riaba nunca. Roque, el Moñigo, estudiaba el terreno
desde lejos. Luego, susurraba al oído del Tiñoso:

—Acércate y quédate mirándolos, como si fueras
a quitarles las avellanas que comen.

Germán, el Tiñoso, se acercaba atemorizado. De
todas formas, la primera bofetada era inevitable. De
otro lado, no era cosa de mandar al diablo su buena
amistad con el Moñigo por un escozor pasajero. Se
detenía a dos metros del grupo y miraba a sus com-
ponentes con insistencia. La conminación no se hacía
esperar:

—No mires así, pasmado. ¿Es que no te han dado
nunca una guarra?

El Tiñoso, impertérrito, sostenía la mirada sin pestañear y sin cambiar de postura, aunque las piernas
le temblaban un poco. Sabía que Daniel, el Mochuelo, y Roque, el Moñigo, acechaban tras el estrado de
la música. El coloso del grupo enemigo insistía:

—¿Oíste, mierdica? Te largas de ahí o te abro el
alma en canal.

Germán, el Tiñoso, hacía como si no oyera, los dos
ojos como dos faros, centrados en el paquete de avellanas, inmóvil y sin pronunciar palabra. En el fondo,
consideraba ya el lugar del presunto impacto y si la
hierba que pisaba estaría lo suficientemente mullida

para paliar el golpe. El gallito adversario perdía la paciencia:

—Toma, fisgón, para que aprendas.

Era una cosa inexplicable, pero siempre, en casos semejantes, Germán, el Tiñoso, sentía antes la consoladora presencia del Moñigo a su espalda que el escozor del cachete. Su consoladora presencia y su voz próxima, caliente y protectora:

—Pegaste a mi amigo, ¿verdad? —y añadía mirando compasivamente a Germán —: ¿Le dijiste tú algo, Tiñoso?

—No abrí la boca. Me pegó porque le miraba.

La pelea ya estaba hecha y el Moñigo llevaba, además, la razón en cuanto que el otro había golpeado a su amigo sólo por mirarle, es decir, según las elementales normas del honor de los rapaces, sin motivo suficiente y justificado.

Y como la superioridad de Roque, el Moñigo, en aquel empeño era cosa descontada, siempre concluían sentados en el "campo" del grupo adversario y comiéndose sus avellanas.

VII

E<small>NTRE</small> ellos tres no cabían disensiones. Cada cual acataba de antemano el lugar que le correspondía en la pandilla. Daniel, el Mochuelo, sabía que no podía imponerse a el Moñigo, aunque tuviera una inteligencia más aguda que la suya, y Germán, el Tiñoso, reconocía que estaba por debajo de los otros dos, a pesar de que su experiencia pajarera era mucho más sutil y vasta que la de ellos. La prepotencia, aquí, la determinaba el bíceps y no la inteligencia, ni las habilidades, ni la voluntad. Después de todo, ello era una cosa razonable, pertinente y lógica.

Ello no quita para que Daniel, el Mochuelo, fuera el único capaz de coger los trenes mercancías en pleno ahogo ascendente y aun los mixtos si no venían sin carga o con máquina nueva. El Moñigo y el Tiñoso corrían menos que él, pero la ligereza de las piernas tampoco justificaba una primacía. Representaba una estimable cualidad, pero sólo eso.

En las tardes dominicales y durante las vacaciones veraniegas los tres amigos frecuentaban los prados y los montes y la bolera y el río. Sus entretenimientos eran variados, cambiantes y un poco salvajes y elementales. Es fácil hallar diversión, a esa edad, en cualquier parte. Con los tirachinas hacían, en ocasiones, terribles carnicerías de tordos, mirlos y malvises. Germán, el Tiñoso, sabía que los tordos, los mirlos y los malvises, al fin y al cabo de la misma familia, aguardaban mejor que en otra parte, en las zarzamoras y los bardales, a las horas de calor. Para matarlos en los árboles o en la vía, cogiéndolos aún adormilados, era preciso madrugar. Por eso preferían buscarlos en plena canícula, cuando los animalitos sesteaban perezosamente entre la maleza. El tiro era, así, más corto, el blanco más reposado y, consiguientemente, la pieza resultaba más segura.

Para Daniel, el Mochuelo, no existía plato selecto comparable a los tordos con arroz. Si cobraba uno le gustaba, incluso, desplumarle por sí mismo y de esta forma pudo adivinar un día que casi todos los tordos tenían miseria debajo del plumaje. Le decepcionó la respuesta del Tiñoso al comunicarle su maravilloso descubrimiento.

—¿Ahora te enteras? Casi todos los pájaros tienen miseria bajo la pluma. Según mi padre, a mí me pegó las calvas un cuclillo.

Daniel, el Mochuelo, formó el propósito de no intentar nuevos descubrimientos concernientes a los pájaros. Si quería conocer algo de ellos resultaba más cómodo y rápido preguntárselo directamente a el Tiñoso.

Otros días iban al corro de bolos a jugar una partida. Aquí, Roque, el Moñigo, les aventajaba de forma contundente. De nada servía que les concediese una apreciable ventaja inicial; al acabar la partida, ellos apenas si se habían movido de la puntuación obtenida de gracia, mientras el Moñigo rebasaba, sin esfuerzo, el máximo. En este juego, el Moñigo demostraba la fuerza y el pulso y la destreza de un hombre ya desarrollado. En los campeonatos que se celebraban por la Virgen, el Moñigo — que participaba con casi todos los hombres del pueblo — nunca se clasificaba por debajo del cuarto lugar. A su hermana Sara la sulfuraba esta precocidad.

—Bestia, bestia — decía —, que vas a ser más bestia que tu padre.

Paco, el herrero, la miraba con ojos esperanzados.

—Así lo quiera Dios — añadía, como si rezara.

Pero, quizá, donde los tres amigos encontraban un entretenimiento más intenso y completo era en el río, del otro lado de la tasca de Quino, el Manco. Se abría, allí, un prado extenso, con una gran encina en el centro y, al fondo, una escarpada muralla de roca viva que les independizaba del resto del valle. Enfrente de la muralla se hallaba la Poza del Inglés y, unos metros más abajo, el río se deslizaba entre rocas y guijos de poco tamaño, a escasa profundidad. En esta zona pescaban cangrejos a mano, levantando con cuidado las piedras y apresando fuertemente a los animalitos por la parte más ancha del caparazón, mientras éstos retorcían y abrían y cerraban patosamente sus pinzas en un postrer intento de evasión tesonero e inútil.

Otras veces, en la Poza del Inglés, pescaban centenares de pececillos que navegaban en bancos tan numerosos que, frecuentemente, las aguas negreaban por su abundancia. Bastaba arrojar a la poza una remanga con cualquier cebo artificial de tonos chillones para atraparlos por docenas. Lo malo fue que, debido al excesivo número y a la fácil captura, los muchachos empezaron por subestimarlos y acabaron despreciándolos del todo. Y otro tanto les ocurría con los ráspanos, las majuelas, las moras y las avellanas silvestres. Cooperaba no poco a fomentar este desdén el hecho de que don Moisés, el maestro, pusiera sus preferencias en los escolares que consumían bobamente sus horas libres recogiendo moras o majuelas para obsequiar con ellas a sus madres. O bien, pescando jaramugo. Y, por si esto fuera poco, estos mismos rapaces eran los que al final de curso obtenían diplomas, puntuaciones sobresalientes y menciones honoríficas. Roque, el Moñigo; Daniel, el Mochuelo, y Germán, el Tiñoso, sentían hacia ellos un desdén tan hondo por lo menos como el que les inspiraban las moras, las avellanas silvestres y el jaramugo.

En las tardes calurosas del verano, los tres amigos se bañaban en la Poza del Inglés. Constituía un placer inigualable sentir la piel en contacto directo con las aguas, refrescándose. Los tres nadaban a estilo perruno, salpicando y removiendo las aguas de tal manera que, mientras duraba la inmersión, no se barruntaba, en cien metros río abajo y otros tantos río arriba, la más insignificante señal de vida.

Una de estas tardes, mientras secaban sus cuerpecillos, tendidos al sol en el prado de la Encina, Daniel, el Mochuelo, y Germán, el Tiñoso, se enteraron, al fin, de lo que significaba tener el vientre seco y de lo que era un aborto. Tenían, entonces, siete y ocho años, respectivamente, y Roque, el Moñigo se cubría con un remendado calzoncillo con lo de atrás delante y el Mochuelo y el Tiñoso se bañaban en cueros vivos porque todavía no les había nacido la vergüenza. Fue Roque, el Moñigo, quien se la despertó y aquella misma tarde.

Sin saber aún por qué, Daniel, el Mochuelo, relacionaba todo esto con una conversación sostenida con su madre, cuatro años atrás, al mostrarle él la estampa de una exuberante vaca holandesa.

—Qué bonita, ¿verdad, Daniel? Es una vaca lechera — dijo su madre.

El niño la miró estupefacto. Él no había visto leche más que en las perolas y los cántaros.

—No, madre, no es una vaca lechera; mira, no tiene cántaras — enmendó.

La madre reía silenciosamente de su ingenuidad. Le tomó en el regazo y aclaró:

—Las vacas lecheras no llevan cántaros, hijo.

Él la miró de frente para adivinar si le engañaba. Su madre se reía. Intuyó Daniel que algo, muy recóndito, había detrás de todo aquello. Aún no sabía que existiera "eso", porque sólo tenía tres años, pero en aquel instante lo presintió.

—¿Dónde llevan la leche entonces, madre? — indagó, ganado por un súbito afán de aclararlo todo.

Su madre se reía aún. Tartamudeó un poco, sin embargo, al contestarle:

—En... la barriga, claro — dijo.

Como una explosión retumbó la perplejidad del niño:

—¿Quééééé?

—Que las vacas lecheras llevan la leche en la barriga, Daniel — agregó ella, y le apuntaba con la chata uña la ubre prieta de la vaca de la estampa. Dudó un momento Daniel, el Mochuelo, mirando la ubre esponjosa; señaló el pezón.

—¿Y la leche sale por ese grano? — dijo.

—Sí, hijito, por ese grano sale.

Aquella noche Daniel no pudo hablar ni pensar en otra cosa. Intuía en todo aquello un misterio velado para él, pero no para su madre. Ella se reía como no se reía otras veces, al preguntarle otras cosas. Paulatinamente, el Mochuelo se fue olvidando de aquello. Meses después, su padre compró una vaca. Más tarde conoció las veinte vacas del boticario y las vio ordeñar. Daniel, el Mochuelo, se reía mucho luego al solo pensamiento de que hubiera podido imaginar alguna vez que las vacas sin cántaras no daban leche.

Aquella tarde, en el prado de la encina, junto al río, mientras el Moñigo hablaba, él se acordó de la estampa de la vaca holandesa. Acababan de chapuzarse y un vientecillo ahilado les secaba el cuerpo a fríos lengüetazos. Con todo, flotaba un calor excesivo y pegajoso en el ambiente. Tumbados boca arriba en la pradera, vieron pasar por encima un enorme pájaro.

—¡Mirad! — chilló el Mochuelo —. Seguramente será la cigüeña que espera la maestra de La Cullera. Va en esa dirección.

Cortó el Tiñoso:

—No es una cigüeña; es una grulla.

El Moñigo se sentó en la hierba frunciendo los labios en un gesto hosco y enfurruñado. Daniel, el Mochuelo, contempló con envidia cómo se inflaba y desinflaba su enorme tórax.

—¿Qué demonio de cigüeña espera la maestra? ¿Así andáis todavía? — dijo el Moñigo.

El Mochuelo y el Tiñoso se incorporaron también, sentándose en la hierba. Ambos miraban anhelantes al Moñigo; intuían que algo iba a decir de "eso". El Tiñoso le dio pie.

—¿Quién trae los niños, entonces? — dijo.

Roque, el Moñigo, se mantenía serio, consciente de su superioridad en aquel instante.

—El parir — dijo, seco, rotundo.

—¿El parir? — inquirieron, a dúo, el Mochuelo y el Tiñoso.

El otro remachó:

—Sí, el parir. ¿Visteis alguna vez parir a una coneja? — dijo.

—Sí.

—Pues es igual.

En la cara del Mochuelo se dibujó un cómico gesto de estupor.

—¿Quieres decir que todos somos conejos? — aventuró.

Al Moñigo le enojaba la torpeza de sus interlocutores.

—No es eso — dijo —. En vez de una coneja es una mujer; la madre de cada uno.

Brilló en las pupilas del Tiñoso un extraño resplandor de inteligencia.

—La cigüeña no trae los niños entonces, ¿verdad? Ya me parecía raro a mí — explicó —. Yo me decía, ¿por qué mi padre va a tener diez visitas de la cigüeña y la Chata, la vecina, ninguna y está deseando tener un hijo y mi padre no quería tantos?

El Moñigo bajó la voz. En torno había un silencio que sólo quebraban el cristalino chapaleo de los rápidos del río y el suave roce del viento contra el follaje. El Mochuelo y el Tiñoso tenían la boca abierta. Dijo el Moñigo:

—Les duele la mar, ¿sabéis?

Estalló el reticente escepticismo del Mochuelo:

—¿Por qué sabes tú esas cosas?

—Eso lo sabe todo cristiano menos vosotros dos, que vivís embobados — dijo el Moñigo —. Mi madre se murió de lo mucho que le dolía cuando nací yo. No se puso enferma ni nada; se murió de dolor. Hay veces que, por lo visto, el dolor no se puede resistir y se muere uno. Aunque no estés enfermo, ni nada; sólo es el dolor. — Emborrachado por la ávida atención del auditorio, añadió: — Otras mujeres se parten por la mitad. Se lo he oído decir a la Sara.

Germán, el Tiñoso, inquirió:

—Más tarde sí se ponen enfermas, ¿no es cierto?

El Moñigo acentuó el misterio de la conversación bajando aún más la voz:

—Se ponen enfermas al ver al niño — confesó —. Los niños nacen con el cuerpo lleno de vello y sin ojos, ni orejas, ni narices. Sólo tienen una boca muy grande para mamar. Luego les van naciendo los ojos, y las orejas, y las narices y todo.

Daniel, el Mochuelo, escuchaba las palabras del Moñigo todo estremecido y anhelante. Ante sus ojos se abría una nueva perspectiva que, al fin y al cabo, no era otra cosa que la justificación de la vida y la humanidad. Sintió una repentina vergüenza de hallarse enteramente desnudo al aire libre. Y, al tiempo, experimentó un amor remozado, vibrante e impulsivo hacia su madre. Sin él saberlo, notaba, por primera vez, dentro de sí, la emoción de la consanguinidad. Entre ellos había un vínculo, algo que hacía, ahora, de su madre una causa imprescindible, necesaria. La maternidad era más hermosa así; no se debía al azar, ni al capricho un poco absurdo de una cigüeña. Pensó Daniel, el Mochuelo, que de cuanto sabía de "eso", era esto lo que más le agradaba; el saberse consecuencia de un gran dolor y la coincidencia de que ese dolor no lo hubiera esquivado su madre porque deseaba tenerle precisamente a él.

Desde entonces, miró a su madre de otra manera, desde un ángulo más humano y simple, pero más sincero y estremecido también. Era una sensación extraña la que le embargaba en su presencia; algo así como si sus pulsos palpitasen al unísono, uniformemente; una impresión de paralelismo y mutua necesidad.

En lo sucesivo, Daniel, el Mochuelo, siempre que iba a bañarse a la Poza del Inglés, llevaba un calzoncillo viejo y remendado, como el Moñigo, y se ponía lo de atrás delante. Y, entonces, pensaba en lo feo que debía ser él nada más nacer, con todo el cuerpo cubierto de vello y sin ojos, ni orejas, ni narices, ni nada... Sólo una bocaza enorme y ávida para mamar. "Como un topo", pensaba. Y el primer estremecimiento se transformaba al poco rato en una risa espasmódica y contagiosa.

VIII

Según Roque, el Moñigo, la Guindilla menor era una de las mujeres del pueblo que tenía el vientre seco. Esto, aunque de difícil comprobación, no suponía nada de particular porque las Guindillas, más o menos, lo tenían seco todo.

La Guindilla menor regresó al pueblo en el tranvía interprovincial a los tres meses y cuatro días, exactamente, de su fuga. El regreso, como antes la fuga, constituyó un acontecimiento en todo el valle, aunque, también, como todos los acontecimientos, pasó y se olvidó y fue sustituido por otro acontecimiento que, a su vez, le ocurrió otro tanto y también se olvidó. Pero, de esta manera, iba elaborándose, poco a poco, la pequeña y elemental historia del valle. Claro que la Guindilla regresó sola, y a don Dimas, el del Banco, no se le volvió a ver el pelo, a pesar de que don José, el cura, prejuzgaba que no era mal muchacho. Bueno o malo, don Dimas se disolvió en el aire, como se disolvía, sin dejar rastro, el eco de las montañas.

Fue Cuco, el factor, quien primero llevó la noticia al pueblo. Después de la "radio" de don Ramón, el boticario, Cuco, el factor, era la compañía más codiciada del lugar. Sus noticias eran siempre frescas y curiosas, aunque no siempre edificantes. Cuco, el factor, ostentaba una personalidad rolliza, pujante, expansiva y físicamente optimista. Daniel, el Mochuelo, le admiraba; admiraba su carácter, sus conocimientos y la simplicidad con que manejaba y controlaba la salida, entrada y circulación de los trenes por el valle. Todo esto implicaba una capacidad; la ductilidad y el talento de organización de un factor no se improvisan.

Irene, la Guindilla menor, al apearse del tren, llevaba lágrimas en los ojos y parecía más magra y consumida que cuando marchó, tres meses antes. Aparentaba caminar bajo el peso de un fardo invisible que la obligaba a encorvarse por la cintura. Eran, sin duda, los remordimientos. Vestía como suelen vestir las mujeres viudas, muy viudas, toda enlutada y con una mantilla negra y tupida que le escamoteaba el rostro.

Había llovido durante el día y la Guindilla, al subir la varga, camino del pueblo, no se preocupaba de sortear los baches, antes bien parecía encontrar algún raro consuelo en la inmersión repetida de sus piececitos en los charcos y el fango de la carretera.

Lola, la Guindilla mayor, quedó pasmada al sorprender a su hermana, indecisa, a la puerta de la tienda. Se pasó la mano repetidamente por los ojos como queriendo disipar alguna mala aparición.

—Sí, soy yo, Lola — murmuró la menor —. No te extrañes. Aunque pecadora y todo, he vuelto. ¿Me perdonas?

—¡Por los siglos de los siglos! Ven aquí. **Pasa** — dijo la Guindilla mayor.

Desaparecieron las dos hermanas en la trastienda. Ya en ella, se contemplaron una a otra en silencio. La Guindilla menor se mantenía encogida y cabizbaja y humillada. La mayor aparentaba haber engordado instantáneamente con el regreso y el arrepentimiento de la otra.

—¿Sabes lo que has hecho, Irene? — fue lo primero que le dijo.

—Calla, por favor — gimoteó la hermana, y se desplomó sobre el tablero de la mesa, llorando a moco tendido.

La Guindilla mayor respetó el llanto de su hermana. El llanto era necesario para lavar la conciencia. Cuando Irene se incorporó, las dos hermanas se miraron de nuevo a los ojos. Apenas precisaban de palabras para entenderse. La comprensión brotaba de lo inexpresado:

—Irene, ¿has...?

—He...

—¡Dios mío!

—Me engañó.

—¿Te engañó o te engañaste?

—Como quieras, hermana.

—¿Era tu marido cuando...?

—No... No lo es ahora, siquiera.

—¡Dios mío! ¿Esperas...?

—No. Él me dijo... él me dijo...

Se le rompió la voz en un sollozo. Se hizo otro silencio. Al cabo, la Guindilla mayor inquirió:

—¿Qué te dijo?

—Que era machorra.

—¡Canalla!

—Ya lo ves; no puedo tener hijos.

La Guindilla mayor perdió de repente los buenos modales y, con éstos, los estribos.

—Ya sabes lo que has hecho, ¿verdad? Has tirado la honra. La tuya, la mía y la de la bendita memoria de nuestros padres...

—No. Eso no, Lola, por amor de Dios.

—¿Qué otra cosa, entonces?

—Las mujeres feas no tenemos honra, desengáñate, hermana.

Decía esto con gesto resignado, aplanada por un inexorable convencimiento. Luego añadió:

—Él lo dijo así.

—La reputación de una mujer es más preciosa que la vida, ¿no lo sabías?

—Lo sé, Lola.

—¿Entonces?

—Haré lo que tú digas, hermana.

—¿Estás dispuesta?

La Guindilla menor agachó la cabeza.

—Lo estoy — dijo.

—Vestirás de luto el resto de tu vida y tardarás cinco años en asomarte a la calle. Ésas son mis condiciones, ¿las aceptas?

—Las acepto.

—Sube a casa, entonces.

La Guindilla mayor cerró con llave la puerta de la tienda y subió tras ella. Ya en su cuarto, la Guindilla menor se sentó en el borde de la cama; la mayor trajo una palangana con agua tibia y le lavó los pies. Durante esta operación permanecieron en silencio. Al concluir, la Guindilla menor suspiró y dijo:

—Ha sido un malvado, ¿sabes?

La Guindilla mayor no contestó. Le imbuía un seco respeto el ademán de desolación de su hermana. Ésta continuó:

—Quería mi dinero. El muy sinvergüenza creía que teníamos mucho dinero; un montón de dinero.

—¿Por qué no le dijiste a tiempo que entre las dos sólo sumábamos mil duros?

—Hubiera sido mi perdición, hermana. Me hubiera abandonado y yo estaba enamorada de él.

—Callar es lo que te ha perdido, loca.

—Lo gastó todo, ¿sabes?

—¿Qué?

—Vivió conmigo mientras duró el dinero. Se acabó el dinero, se acabó Dimas. Luego me dejó tirada como a una perdida. Dimas es un mal hombre, Lola. Es un hombre perverso y cruel.

Las escuálidas mejillas de la Guindilla mayor se encendieron aún más de lo que habitualmente estaban.

—Es un ladrón. Eso es lo que es. Igual, lo mismo que el otro Dimas — dijo.

Se quedó silenciosa al apagarse su arrebato. Repentinamente los escrúpulos empezaban a socavarle la conciencia. ¿Qué es lo que había dicho de Dimas, el buen ladrón? ¿No gustaba el Señor de esta clase de arrepentidos? La Guindilla mayor sintió un vivo remordimiento. "De todo corazón te pido perdón, Dios

mío", se dijo. Y se propuso que al día siguiente, nada
más levantarse, iría a reconciliarse con don José; él
sabría perdonarla y consolarla. Esto era lo que la ur-
gía: un poco de consuelo.

Se pasó, de nuevo, la mano por los ojos, tratando
de desvanecer la pesadilla. Luego se sonó ruidosamen-
te la larga nariz y dijo:

—Está bien, hermana; cámbiate de ropa. Yo vuel-
vo a la tienda. Cuando acabes puedes regar los geranios de la galería como hacías siempre antes de la desgracia. Mañana verás a don José. Has de lavar cuanto
antes tu alma empecatada.

La Guindilla menor la interrumpió:

—¡Lola!

—¿Qué?

—Me da mucha vergüenza.

—¿Es que todavía te queda algo?

—¿De qué?

—De vergüenza.

Irene hizo un mohín de desesperación.

—No lo puedo remediar, hermana.

—Vergüenza debería haberte dado escaparte con
un hombre desconocido. ¡Por Dios bendito que entonces no hiciste tanto remilgo!

—Es que don José, don José... es un santo, Lola,
compréndelo. No entendería mi flaqueza.

—Don José comprende todas las flaquezas huma-
nas, Irene. Dios está en él. Además, una buena con-
fesión forma también parte de mis condiciones, ¿entiendes?

Se oyó el tintineo de una moneda contra los cristales de la tienda. La Guindilla mayor se impacientó:

—Vamos, decídete, hermana; llaman abajo.

Irene, la Guindilla menor, accedió, al fin:

—Está bien, Lola; mañana me confesaré. Estoy decidida.

La Guindilla mayor descendió a la tienda. Dio media vuelta a la llave y entró Catalina, la Lepórida. Ésta, al igual que sus hermanas, tenía el labio superior plegado como los conejos y su naricita se fruncía y distendía incesantemente como si incesantemente olisquease. Las llamaban, por eso, las Lepóridas. También las apodaban las Cacas, porque se llamaban Catalina, Carmen, Camila, Caridad y Casilda y el padre había sido tartamudo.

Catalina se aproximó al mostrador.

—Una peseta de sal — dijo.

Mientras la Guindilla mayor la despachaba, ella alzó la carita de liebre hacia el techo y durante unos segundos vibraron nerviosamente las aletillas de su nariz.

—Lola, ¿es que tienes forasteros?

La Guindilla se cerró, hermética. Las Lepóridas eran las telefonistas del pueblo y conocían las noticias casi tan pronto como Cuco, el factor. Respondió cauta:

—No, ¿por qué?

—Parece que se oye ruido arriba.

—Será el gato.

—No, no; son pisadas.

—También el gato pisa.

—Entiéndeme, son pisadas de persona. No serán ladrones, ¿verdad?

La Guindilla mayor cortó:

—Toma, la sal.

La Lepórida miró de nuevo al techo, olisqueó el ambiente con insistencia y, ya en la puerta, se volvió:

—Lola, sigo oyendo pisadas arriba.

—Está bien. Vete con Dios.

Pocas veces la tienda de las Guindillas estuvo tan concurrida como aquella tarde y pocas veces también, de tan crecido número de clientes, salió una caja tan mezquina.

Rita, la Tonta, la mujer del zapatero, fue la segunda en llegar.

—Dos reales de sal — pidió.

—¿No lo llevaste ayer?

—Puede. Quiero más.

Al cabo de una pausa, Rita, la Tonta, bajó la voz:

—Digo que tienes luz arriba. Estará corriendo el contador.

—¿Vas a pagármelo tú?

—Ni por pienso.

—Entonces déjalo que corra.

Llegaron después la Basi, la criada del boticario; Ñuca, la del Chano; María, la Chata, que también tenía el vientre seco; Sara, la Moñiga; las otras cuatro Lepóridas; Juana, el ama de don Antonino, el marqués; Rufina, la de Pancho, que desde que se casó tampoco creía en Dios ni en los santos, y otras veinte mujeres más. Salvo las cuatro Lepóridas, todas iban a comprar sal y todas oían pisadas arriba o se inquietaban, al ver luz en los balcones, por la carrera del contador.

A las diez, cuando ya el pueblo se rendía al silencio, se oyó la voz potente, un poco premiosa y arrastrada de Paco, el herrero. Iba éste haciendo eses por la carretera y ante los balcones de las Guindillas se detuvo. Portaba una botella en la mano derecha y, con la izquierda, se rascaba incesantemente el cogote. Las frases que voceaba hubiesen resultado abstrusas e incoherentes si todo el pueblo no hubiera estado al cabo de la calle.

—¡Viva la hermana pródiga! ¡Viva la mujer de los muslos escurridos y el pecho de tabla!... — Hizo un cómico gesto de estupor, se rascó otra vez el cogote, eructó, volvió a mirar a los balcones y remató —: ¿Quién te robó el corazón? ¡Dimas, el buen ladrón!

Y se reía él solo, incrustando el poderoso mentón en el pecho gigantesco. Las Guindillas apagaron la luz y observaron al escandaloso por una rendija de la ventana. "Este perdido tenía que ser", murmuró Lola, la Guindilla mayor, al descubrir los destellos que el mortecino farolillo de la esquina arrancaba del pelo híspido y rojo del herrero. Cuando éste pronunció el nombre de Dimas, le entró una especie de ataque de nervios a la Guindilla menor. "Por favor, echa a ese hombre de ahí; que se vaya ese hombre, hermana. Su voz me vuelve loca", dijo. La Guindilla mayor agarró el cubo donde desaguaba el lavabo, entreabrió la ventana y vertió su contenido sobre la cara de Paco, el herrero, que en ese momento iniciaba un nuevo vítor:

—¡Vivan las...!

El remojón le cortó la frase. El borracho miró al cielo con gesto estúpido, extendió sus manazas poniéndose en cruz y murmuró para sí, al tiempo que avanzaba tambaleándose carretera adelante:

—Vaya, Paco, a casita. Ya está diluviando otra vez.

IX

COMPRENDÍA Daniel, el Mochuelo, que ya no le sería fácil dormirse. Su cabeza, desbocada hacia los recuerdos, en una febril excitación, era un hervidero apasionado, sin un momento de reposo. Y lo malo era que al día siguiente habría de madrugar para tomar el rápido que le condujese a la ciudad. Pero no podía evitarlo. No era Daniel, el Mochuelo, quien llamaba a las cosas y al valle, sino las cosas y el valle quienes se le imponían, envolviéndole en sus rumores vitales, en sus afanes ímprobos, en los nimios y múltiples detalles de cada día.

Por la ventana abierta, frente a su camastro quejumbroso, divisaba la cresta del Pico Rando, hincándose en la panza estrellada del cielo. El Pico Rando asumía de noche una tonalidad mate y tenebrosa. Mandaba en el valle esta noche como había mandado en él a lo largo de sus once años, como mandaba en Daniel, el Mochuelo, y Germán, el Tiñoso, su amigo Roque, el Moñigo. La pequeña historia del valle se reconstruía ante su mirada interna, ante los ojos de su alma, y los silbidos distantes de los trenes, los soñolientos mugidos de las vacas, los gritos lúgubres de los sapos bajo las piedras, los aromas húmedos y difusos de la tierra avivaban su nostalgia, ponían en sus recuerdos una nota de palpitante realidad.

Después de todo, esta noche era como tantas otras en el valle, sin ir más lejos como la primera vez que saltaron la tapia de la finca del Indiano para robarle las manzanas. Las manzanas, al fin y al cabo, no significaban nada para el Indiano, que en Méjico tenía dos restaurantes de lujo, un establecimiento de aparatos de radio y tres barcos destinados al cabotaje. Tampoco para ellos significaban mucho las manzanas del Indiano, la verdad, puesto que todos ellos recogían buenas manzanas en los huertos de sus casas, bien mirado, tan buenas manzanas como las que tenía Gerardo, el Indiano, en los árboles de su finca. ¿Que por qué las robaban? Eso constituía una cuestión muy compleja. Quizá, simplificando, porque ninguno de ellos, entonces, rebasaba los nueve años y la emoción de lo prohibido imprimía a sus actos rapaces un encanto indefinible. Le robaban las manzanas al Indiano por la misma razón que en los montes, o en el prado de la Encina, después del baño, les gustaba hablar de "eso" y conjeturar sobre "eso", que era, no menos, el origen de la vida y su misterio.

Cuando Gerardo se fue del pueblo todavía no era el Indiano, era sólo el hijo más pequeño de la señora Micaela, la carnicera y, según decía ésta, el más tímido de todos sus hijos. La madre afirmaba que Gerardo "era el más tímido de todos", pero en el pueblo aseguraban que Gerardo antes de marchar era medio tonto y que en Méjico, si se iba allá, no serviría más

que para bracero o cargador de muelle. Pero Gerardo se fue y a los veinte años de su marcha regresó
rico. No hubo ninguna carta por medio, y cuando el
Indiano se presentó en el valle, los gusanos ya se habían comido el solomillo, el hígado y los riñones de su
madre, la carnicera.

Gerardo, que ya entonces era el Indiano, lloró un
rato en el cementerio, junto a la iglesia, pero no lloró
con los mocos colgando como cuando pequeño, ni se
le caía la baba como entonces, sino que lloró en silencio y sin apenas verter lágrimas, como decía el
ama de don Antonino, el marqués, que lloraban en las
ciudades los elegantes. Ello implicaba que Gerardo,
el Indiano, se había transformado mucho. Sus hermanos, en cambio, seguían amarrados al lugar, a pesar de
que, en opinión de su madre, eran más listos que él;
César, el mayor, con la carnicería de su madre, ven-
diendo hígados, solomillos y riñones de vaca a los vecinos para luego, al cabo de los años, hacer lo mismo
que la señora Micaela y donar su hígado, su solomillo
y sus riñones a los gusanos de la tierra. Una conducta,
en verdad, inconsecuente e inexplicable. El otro, Damián, poseía una labranza medianeja en la otra ribera
del río. Total nada, unas obradas de pradera y unos
lacios y barbudos maizales. Con eso vivía y con los
cuatro cuartos que le procuraba la docena de gallinas
que criaba en el corral de su casa.

Gerardo, el Indiano, en su primera visita al pueblo, trajo una mujer que casi no sabía hablar, una hija
de diez años y un "auto" que casi no metía ruido. Todos, hasta el auto, vestían muy bien y cuando Gerar-

do dijo que allá, en Méjico, había dejado dos restaurantes de lujo y dos barcos de cabotaje, César y Damián
le hicieron muchas carantoñas a su hermano y quisie-
ron volverse con él, a cuidar cada uno de un restaurán
y un barco de cabotaje. Pero Gerardo, el Indiano, no
lo consintió. Eso sí, les montó en la ciudad una indus-
tria de aparatos eléctricos y César y Damián se fueron del valle, renegaron de él y de sus antepasados
y sólo de cuando en cuando volvían por el pueblo,
generalmente por la fiesta de la Virgen, y entonces
daban buenas propinas y organizaban carreras de sa-
cos y carreras de cintas y ponían cinco duros de premio en la punta de la cucaña. Y usaban sombreros plan-
chados y cuello duro.

Los antiguos amigos de Gerardo le preguntaron
cómo se había casado con una mujer rubia y que
casi no sabía hablar, siendo él un hombre de impor-
tancia y posición como, a no dudar, lo era. El Indiano sonrió sin aspavientos y les dijo que las mujeres
rubias se cotizaban mucho en América y que su mujer
sí que sabía hablar, lo que ocurría era que hablaba en
inglés porque era yanqui. A partir de aquí, Andrés,
"el hombre que de perfil no se le ve", llamó "Yanqui" a su perro, porque decía que hablaba lo mismo
que la mujer de Gerardo, el Indiano.

Gerardo, el Indiano, no renegó, en cambio, de su
pueblo. Los ricos siempre se encariñan, cuando son
ricos, por el lugar donde antes han sido pobres. Parece ser ésta la mejor manera de demostrar su cambio de posición y fortuna y el más viable procedimiento para sentirse felices al ver que otros que eran po-

bres como ellos siguen siendo pobres a pesar del tiempo.

Compró la casa de un veraneante, frente a la botica, la reformó de arriba abajo y pobló sus jardines de macizos estridentes y árboles frutales. De vez en cuando, venía por el pueblo a pasar una temporada. Últimamente reconoció ante sus antiguos amigos que las cosas le iban bien y que ya tenía en Méjico tres barcos de cabotaje, dos restaurantes de lujo y una representación de receptores de radio. Es decir, un barco de cabotaje más que la primera vez que visitó el pueblo. Lo que no aumentaban eran los hijos. Tenía sólo a la Mica — la llamaba Mica, tan sólo, aunque se llamaba como su abuela, pero, según decía el ama de don Antonino, el marqués, los ricos, en las ciudades, no podían perder el tiempo en llamar a las personas por sus nombres enteros — y la delgadez extremada de la yanqui, que también caía por el valle de ciento en viento, no daba ocasión a nuevas esperanzas. César y Damián hubieran preferido que por no existir, no existiera ni la Mica, por más que cuando ella venía de América le regalaban flores y cartuchos de bombones y la llevaban a los mejores teatros y restaurantes de la ciudad. Esto decía, al menos, el ama de don Antonino, el marqués.

La Mica cogió mucho cariño al pueblo de su padre. Reconocía que Méjico no la iba y Andrés, el zapatero, argüía que se puede saber a ciencia cierta "si nos va" o "no nos va" un país cuando en él se dispone de dos restaurantes de lujo, una representación de aparatos de radio y tres barcos de cabotaje

En el valle, la Mica no disponía de nada de eso y, sin embargo, era feliz. Siempre que podía hacía una escapada al pueblo y allí se quedaba mientras su padre no la ordenaba regresar. Últimamente, la Mica, que ya era una señorita, permanecía grandes temporadas en el pueblo estando sus padres en Méjico. Sus tíos Damián y César, que en el pueblo les decían "los Ecos del Indiano", velaban por ella y la visitaban de cuando en cuando.

Daniel, el Mochuelo, nació precisamente en el tránsito de los dos barcos de cabotaje a los tres barcos de cabotaje, es decir, cuando Gerardo, el Indiano, ahorraba para adquirir el tercer barco de cabotaje. Por entonces, la Mica ya tenía nueve años para diez y acababa de conocer el pueblo.

Pero cuando a Roque, el Moñigo, se le ocurrió la idea de robar las manzanas del Indiano, Gerardo ya tenía los tres barcos de cabotaje y la Mica, su hija, diecisiete años. Por estas fechas, Daniel, el Mochuelo, ya era capaz de discernir que Gerardo, el Indiano, había progresado, y bien, sin necesidad de estudiar catorce años y a pesar de que su madre, la Micaela, decía de él que era "el más tímido de todos" y de que andaba por el pueblo todo el día de Dios con los mocos colgando y la baba en la barbilla. Fuera o no fuera así, lo contaban en el pueblo y no era cosa de recelar que existiera un acuerdo previo entre todos los vecinos para decirle una cosa que no era cierta.

Cuando saltaron la tapia del Indiano, Daniel, el Mochuelo, tenía el corazón en la garganta. En verdad, no sentía apetito de manzanas ni de ninguna

otra cosa que no fuera tomar el pulso a una cosa pro-
hibida. Roque, el Moñigo, fue el primero en dejarse
caer del otro lado de la tapia. Lo hizo blandamente,
con una armonía y una elegancia casi felinas, como si
sus rodillas y sus ingles estuvieran montadas sobre muelles. Después les hizo señas con la mano, desde detrás
de un árbol, para que se apresurasen. Pero lo único
que se apresuraba de Daniel, el Mochuelo, era el corazón, que bailaba como un loco desatado. Notaba
los miembros envarados y una oscura aprensión mer-
maba su natural osadía. Germán, el Tiñoso, saltó el
segundo, y Daniel, el Mochuelo, el último.

En cierto modo, la conciencia del Mochuelo estaba tranquila. Las manías de la Guindilla mayor se le
habían contagiado en las últimas semanas. Por la mañana había preguntado a don José, el cura, que era
un gran santo:

—Señor cura, ¿es pecado robar manzanas a un
rico?

Don José había meditado un momento antes de
clavar sus ojillos, como puntas de alfileres, en él:

—Según, hijo. Si el robado es muy rico, muy rico
y el ladrón está en caso de extremada necesidad y
coge una manzanita para no morir de hambre, Dios
es comprensivo y misericordioso y sabrá disculparle.

Daniel, el Mochuelo, quedó apaciguado interior-
mente. Gerardo, el Indiano, era muy rico, muy rico,
y, en cuanto a él, ¿no podía sobrevenirle una desgracia como a Pepe, el Cabezón, que se había vuelto
raquítico por falta de vitaminas y don Ricardo, el
médico, le dijo que comiera muchas manzanas y mu-

chas naranjas si quería curarse? ¿Quién le aseguraba
que si no comía las manzanas del Indiano no le acae-
cería una desgracia semejante a la que aquejaba a
Pepe, el Cabezón?

Al pensar en esto, Daniel, el Mochuelo, se sentía
más aliviado. También le tranquilizaba no poco saber que Gerardo, el Indiano, y la yanqui estaban en
Méjico, la Mica con "los Ecos del Indiano" en la ciudad, y Pascualón, el del molino, que cuidaba de la
finca, en la tasca del Chano disputando una partida
de mus. No había, por tanto, nada que temer. Y, sin
embargo, ¿por qué su corazón latía de este modo desordenado, y se le abría un vacío acuciante en el estómago, y se le doblaban las piernas por las rodillas?
Tampoco había perros. El Indiano detestaba este medio de defensa. Tampoco, seguramente, timbres de
alarma, ni resortes sorprendentes, ni trampas disimu-
ladas en el suelo. ¿Por qué temer, pues?

Avanzaban cautelosamente, moviéndose entre las
sombras del jardín, bajo un cielo alto, tachonado de
estrellas diminutas. Se comunicaban por tenues cuchi-
cheos y la hierba crujía suavemente bajo sus pies y
este ambiente de roces imperceptibles y misteriosos
susurros crispaba los nervios de Daniel, el Mochuelo.

—¿Y si nos oyera el boticario? —murmuró éste de
pronto.

—¡Chist!

El contundente siseo de Roque, el Moñigo, le hizo
callar. Se internaban en la huerta. Apenas hablaban
ya sino por señas y las muecas nerviosas de Roque, el
Moñigo, cuando tardaban en comprenderle, adquirían,

en las medias tinieblas, unos tonos patéticos impresionantes.

Ya estaban bajo el manzano elegido. Crecía unos pies por detrás del edificio. Roque, el Moñigo, dijo:

—Quedaos aquí; yo sacudiré el árbol.

Y se subió a él sin demora. Las palpitaciones del corazón del Mochuelo se aceleraron cuando el Moñigo comenzó a zarandear las ramas con toda su enorme fuerza y los frutos maduros golpeaban la hierba con un repiqueteo ininterrumpido de granizada. Él y Germán, el Tiñoso, no daban abasto para recoger los frutos desprendidos. Daniel, el Mochuelo, al agacharse, abría la boca, pues a ratos le parecía que le faltaba el aire y se ahogaba. Súbitamente, el Moñigo dejó de zarandear el árbol.

—Mirad; está ahí el coche — murmuró, desde lo alto, con una extraña opacidad en la voz.

Daniel y el Tiñoso miraron hacia la casa en tinieblas. La aleta del coche negro del Indiano, que metía menos ruido aún que el primero que trajo al valle, rebrillaba tras la esquina de la vivienda. A Germán, el Tiñoso, le temblaron los labios al exigir:

—Baja aprisa; debe de estar ella.

Daniel, el Mochuelo, y Germán, el Tiñoso, se movían doblados por los riñones, para soportar mejor las ingentes brazadas de manzanas. El Mochuelo sintió un miedo inmenso de que alguien pudiera sorprenderle así. Apoyó con vehemencia al Tiñoso:

—Vamos, baja, Moñigo. Ya tenemos suficientes manzanas.

El temor les hacía perder la serenidad. La voz de

Daniel, el Mochuelo, sonaba agitada, en un tono superior al simple murmullo. Roque, el Moñigo, quebró una rama con el peso del cuerpo al tratar de descender precipitadamente. El chasquido restalló como un disparo en aquella atmósfera queda de roces y susurros. Su excitación iba en aumento:

—¡Cuidado, Moñigo!

—Yo voy saliendo.

—¡Narices!

—Gallina el que salte la tapia primero.

No es fácil determinar de dónde surgió la aparición. Daniel, el Mochuelo, después de aquello, se inclinaba a creer en brujas, duendes y fantasmas. Ella, la Mica, estaba ante ellos, alta y esbelta, embutida en un espectral traje blanco. En las densas tinieblas, su figura adquiría una presencia ultraterrena, algo parecido al Pico Rando, sólo que más vago y huidizo.

—Conque sois vosotros los que robáis las manzanas, ¿eh? — dijo.

Daniel, el Mochuelo, y Germán, el Tiñoso, fueron dejando resbalar los frutos, uno a uno, hasta el suelo. La consternación les agarrotaba. La Mica hablaba con naturalidad, sin destemplanza en el tono de voz:

—¿Os gustan las manzanas?

Tembló, un instante, en el aire, la amedrentada afirmación de Daniel, el Mochuelo:

—Siiií...

Se oyó la risa amortiguada de la Mica, como si brotase a impulsos de una oculta complacencia. Luego dijo:

—Tomad dos manzanas cada uno y venid conmigo.

La obedecieron. Los cuatro se encaminaron hacia el porche. Una vez allí, la Mica giró un conmutador, oculto tras una columna, y se hizo la luz. Daniel, el Mochuelo, agradeció que una columna piadosa se interpusiera entre la lámpara y su rostro abatido. La Mica, sin ton ni son, volvió a reír espontáneamente. A Daniel, el Mochuelo, le asaltó el temor de que fuera a entregarles a la Guardia Civil.

Nunca había visto tan próxima a la hija del Indiano y su rostro y su silueta iban haciéndole olvidar por momentos la comprometida situación. Y también su voz, que parecía el suave y modulado acento de un jilguero. Su piel era tersa y tostada y sus ojos oscuros y sombreados por unas pestañas muy negras. Los brazos eran delgados y elásticos, y éstos y sus piernas, largas y esbeltas, ofrecían la tonalidad dorada de la pechuga del macho de perdiz. Al desplazarse, la ingravidez de sus movimientos producían la sensación de que podría volar y perderse en el espacio lo mismo que una pompa de jabón.

—Está bien — dijo, de pronto —. De modo que los tres sois unos ladronzuelos.

Daniel, el Mochuelo, se confesó que podría pasarse la vida oyéndola a ella decir que era un ladronzuelo y sin cansarse lo más mínimo. El decir ella "ladronzuelo" era lo mismo que si le acariciase las mejillas con las dos manos, con sus dos manos pequeñas, ligeras y vitales.

La Mica se recostó en una tumbona y su figura se estilizó aún más. Dijo:

—No voy a haceros nada esta vez. Voy a dejaros

marchar. Pero vais a prometerme que en lo sucesivo si queréis manzanas me las pediréis a mí y no saltaréis la tapia furtivamente, como si fuerais ladrones.

Les miró, uno tras otro, y todos asintieron con la cabeza.

—Ahora podéis iros — concluyó.

Los tres amigos salieron, en silencio, por el portón a la carretera. Anduvieron unos pasos sin cambiar palabra. Su silencio era pesado y macizo, impuesto por la secreta conciencia de que si aún andaban sueltos por el mundo se debía, más que a su propia habilidad y maña, al favor y la compasión del prójimo. Esto, y más en la infancia, siempre resulta un poco deprimente.

Roque, el Moñigo, miró de refilón al Mochuelo. Caminaba éste con la boca abierta y los ojos ausentes, como en éxtasis. El Moñigo le zarandeó por un brazo y dijo:

—¿Qué te pasa, Mochuelo? Estás como alelado.

Y, sin esperar respuesta, arrojó con fuerza sus dos manzanas contra los bultos informes y oscuros que pastaban pacientemente en el prado del boticario.

X

L A amistad del Moñigo forzaba, a veces, a Daniel,
el Mochuelo, a extremar su osadía y a poner a
prueba su valor. Lo malo era que el Moñigo entendía que el valor de un hombre puede cambiar de la
noche a la mañana, como la lluvia o el viento. Hoy
podía ser uno un valiente y mañana un bragazas, o
a la inversa. Todo dependía de que uno se aviniera o
no a realizar las mismas proezas que Roque, el Moñigo, realizaba cada día.

—Gallina el que no haga esto — les conminaba
una y otra vez.

Y Daniel, el Mochuelo, y Germán, el Tiñoso, se
veían forzados a atravesar el puente por la acitara
— quince centímetros de anchura — o a dejarse arrastrar y hundir por la violencia del Chorro, para ir a
reaparecer, empujados por la corriente de fondo, en
la Poza del Inglés, o a cruzarse, dentro del túnel, con
el tranvía interprovincial.

Con frecuencia, Daniel, el Mochuelo, que, por otra
parte, no había de violentarse demasiado para imitar
las proezas del Moñigo, se despertaba en la alta noche
sobresaltado, asiéndose crispadamente al jergón de la

cama. Respiraba hondo. No estaba hundido, como so-
ñaba, bajo el Chorro, ni le arrastraban dando tumbos
los hierros del tren, ni se había despeñado por la
acitara y volaba a estrellarse contra las rocas del río.
Se hallaba bien, cómodamente instalado en su cama
de hierro, y, de momento, no había nada que temer.

Desde este punto de vista, suponían una paz inu-
sitada los días de lluvia, que en el valle eran frecuentes, por más que según los disconformes todo andaba patas arriba desde hacía unos años y hasta los
pastos se perdían ahora — lo que no había acaecido
nunca — por falta de agua. Daniel, el Mochuelo, ignoraba cuánto podía llover antes en el valle; lo que sí
aseguraba es que ahora llovía mucho; puestos a precisar, tres días de cada cinco, lo que no estaba mal.

Si llovía, el valle transformaba ostensiblemente su
fisonomía. Las montañas asumían unos tonos sombríos
y opacos, desleídos entre la bruma, mientras los prados restallaban en una reluciente y verde y casi dolorosa estridencia. El jadeo de los trenes se oía a mayor distancia y las montañas se peloteaban con sus silbidos hasta que éstos desaparecían, diluyéndose en
ecos cada vez más lejanos, para terminar en una resonancia tenue e imperceptible. A veces, las nubes se
agarraban a las montañas y las crestas de éstas emer-
gían como islotes solitarios en un revuelto y caótico
océano gris.

En el verano, las tormentas no acertaban a escapar
del cerco de los montes y, en ocasiones, no cesaba de
tronar en tres días consecutivos.

Pero el pueblo ya estaba preparado para estos ac-

cesos. Con las primeras gotas salían a relucir las alma-
dreñas y su "cluac-cluac", rítmico y monótono, se escuchaba a toda hora en todo el valle, mientras persis-
tía el temporal. A juicio de Daniel, el Mochuelo, era
en estos días, o durante las grandes nevadas de Navi-
dad, cuando el valle encontraba su adecuada fisonomía.
Era, el suyo, un valle de precipitaciones, húmedo y
triste, melancólico, y su languidez y apatía caracterís-
ticas desaparecían con el sol y con los horizontes dila-
tados y azules.

Para los tres amigos, los días de lluvia encerraban
un encanto preciso y peculiar. Era el momento de los
proyectos, de los recuerdos y de las recapacitaciones.
No creaban, rumiaban; no accionaban, asimilaban. La
charla, a media voz, en el pajar del Mochuelo, tenía la
virtud de evocar, en éste, los dulces días invernales,
junto al hogar, cuando su padre le contaba la historia
del profeta Daniel o su madre se reía porque él pensaba que las vacas lecheras tenían que llevar cántaras.

Sentados en el heno, divisando la carretera y la vía
férrea por el pequeño ventanuco frontal, Roque, el
Moñigo; Daniel, el Mochuelo, y Germán, el Tiñoso,
hilvanaban sus proyectos.

Fue uno de estos días y en el pajar de su casa, cuando Daniel, el Mochuelo, adquirió una idea concre-
ta de la fortaleza de Roque, el Moñigo, y de lo tor-
turante que resultaba para un hombre no tener en el
cuerpo una sola cicatriz. Ocurrió una tarde de verano,
mientras la lluvia tamborileaba en el tejado de pizarra
de la quesería y el valle se difuminaba bajo un cielo
pesado, monótono y gris.

Mas el Moñigo no se conformaba con que la evidencia de su musculatura le entrase por los ojos:

—Mira; toca, toca — dijo.

Y flexionó el brazo, que se transformó en un manojo informe de músculos y tendones retorcidos. El Mochuelo adelantó tímidamente la yema de un dedo y tocó.

—Duro, ¿verdad?

—Ya lo creo.

—Pues mira aquí.

Se alzó el pantaloncillo de pana hasta el muslo y tensó la pierna, que adquirió la rigidez de un garrote:

—Mira; toca, toca.

Y de nuevo el dedo del Mochuelo, seguido a corta distancia de el del Tiñoso, tentó aquel portentoso juego de músculos.

—Más duro que el brazo, ¿no?

—Más duro.

Luego se descubrió el tórax y les hizo tocar también y contaban hasta doscientos sin que el Moñigo deshinchase el pecho y tuviera que hacer una nueva inspiración. Después, el Moñigo les exigió que probasen ellos. El Tiñoso no resistió más que hasta cuarenta sin tomar aire, y el Mochuelo, después de un extremoso esfuerzo que le dejó amoratado, alcanzó la cuenta de setenta.

A continuación, el Moñigo se tumbó boca abajo y con las palmas de las manos apoyadas en el suelo fue levantando el cuerpo una y otra vez. Al llegar a la flexión sesenta lo dejó y les dijo:

—No he tenido nunca la paciencia de ver las que

aguanto. Anteanoche hice trescientas veintiocho y no quise hacer más porque me entró el sueño.

El Mochuelo y el Tiñoso le miraron abrumados. Aquel alarde superaba cuanto ellos hubieran podido imaginar respecto a las facultades físicas de su amigo.

—A ver tú las que aguantas, Mochuelo — le dijo de repente a Daniel.

—Si no sé... No he probado nunca.

—Prueba ahora.

—El caso es...

El Mochuelo acabó tumbándose e intentando la primera flexión. Empero sus bracitos no estaban habituados al ejercicio y todo su cuerpo temblaba estremecido por el insólito esfuerzo muscular. Levantó primero el trasero y luego la espalda.

—Una — cantó, con entusiasmo, y de nuevo se desplomó, pesadamente, sobre el pavimento.

El Moñigo dijo:

—No; no es eso. Levantando el culo primero no tiene mérito; así me hago yo un millón.

Daniel, el Mochuelo, desistió de la prueba. El hecho de haber defraudado a su amigo después de aquel inmoderado esfuerzo le dejó muy abatido.

Tras el frustrado intento de flexión del Mochuelo se hizo un silencio en el pajar. El Moñigo tornaba a retorcer el brazo y los músculos bailaban en él, flexibles y relevantes. Mirando su brazo, se le ocurrió al Mochuelo decir:

—Tú podrás a algunos hombres, ¿verdad, Moñigo?

Todavía Roque no había vapuleado al músico en la

romería. El Moñigo sonrió con suficiencia. Después
aclaró:

—Claro que puedo a muchos hombres. Hay muchos hombres que no tienen más cosa dura en el cuerpo que los huesos y el pellejo.

Al Tiñoso se le redondeaban los ojos de admiración. El Mochuelo se recostó plácidamente sobre el
montón de heno, sintiendo a su lado la consoladora
protección de Roque. Aquella amistad era una sólida
garantía por más que su madre, la Guindilla mayor
y las Lepóridas se empeñasen en considerar la compañía de Roque, el Moñigo, como un mal necesario.

Pero la tertulia de aquella tarde acabó donde acababan siempre aquellas tertulias en el pajar de la quesería los días lluviosos: en una competencia. Roque
se remangó el pantalón izquierdo y mostró un circu-
lito de piel arrugada y débil:

—Mirad qué forma tiene hoy la cicatriz; parece
una coneja.

El Mochuelo y el Tiñoso se inclinaron sobre la pierna del amigo y asintieron:

—Es cierto; parece una coneja.

A Daniel, el Mochuelo, le contristó el rumbo que
tomaba la conversación. Sabía que aquellos prolegó-
menos degenerarían en una controversia sobre cicatrices. Y lo que más abochornaba a Daniel, el Mochuelo,
a los ocho años, era no tener en el cuerpo ni una sola
cicatriz que poder parangonar con las de sus amigos.
Él hubiera dado diez años de vida por tener en la
carne una buena cicatriz. La carencia de ella le hacía pensar que era menos hombre que sus compa-

ñeros que poseían varias cicatrices en el cuerpo. Esta
sospecha le imbuía un nebuloso sentimiento de infe-
rioridad que le desazonaba. En realidad, no era suya
la culpa de tener mejor encarnadura que el Moñigo
y el Tiñoso y de que las frecuentes heridas se le ce-
rrasen sin dejar rastro, pero el Mochuelo no lo entendía así, y para él suponía una desgracia tener el cuerpo todo liso, sin una mala arruga. Un hombre sin cicatriz era, a su ver, como una niña buena y obediente.
Él no quería una cicatriz de guerra, ni ninguna golle-
ría: se conformaba con una cicatriz de accidente o de
lo que fuese, pero una cicatriz.

La historia de la cicatriz de Roque, el Moñigo,
se la sabían de memoria. Había ocurrido cinco años
atrás, durante la guerra. Daniel, el Mochuelo, apenas
se acordaba de la guerra. Tan sólo tenía una vaga
idea de haber oído zumbar los aviones por encima
de su cabeza y del estampido seco, demoledor, de las
bombas al estallar en los prados. Cuando la aviación
sobrevolaba el valle, el pueblo entero corría a refugiar-
se en el bosque: las madres agarradas a sus hijos y
los padres apaleando al ganado remiso hasta abrirle
las carnes.

En aquellos días, la Sara huía a los bosques lle-
vando de la mano a Roque, el Moñigo. Pero éste no
sentía tampoco temor de los aviones, ni de las bombas. Corría porque veía correr a todos y porque le
divertía pasar el tiempo tontamente, todos reunidos
en el bosque, acampados allí, con el ganado y los en-
seres, como una cuadrilla de gitanos. Roque, el Moñigo, tenía entonces seis años.

Al principio, las campanas de la iglesia avisaban del cese del peligro con tres repiques graves y dos agudos. Más tarde, se llevaron las campanas para fundirlas, y en el pueblo estuvieron sin campanas hasta que concluida la guerra, regaló una nueva don Antonino, el marqués. Hubo ese día una fiesta sonada en el valle, como homenaje del pueblo al donante. Hablaron el señor cura y el alcalde, que entonces era Antonio, el Buche. Al final, don Antonino, el marqués, dio las gracias a todos y le temblaba la voz al hacerlo. Total nada, que don José y el alcalde emplearon media hora cada uno para dar las gracias a don Antonino, el marqués, por la campana, y don Antonino, el marqués, habló durante otra media hora larga, sólo para devolver las gracias que acababan de darle. Resultó todo demasiado cordial, discreto y comedido.

Pero la herida de Roque, el Moñigo, era de una esquirla de metralla. Se la produjo una bomba al estallar en un grado cuando, una mañana de verano, huía precipitadamente al bosque con la Sara. Los más listos del pueblo decían que el percance se debió a una bomba perdida, que fue lanzada por el avión para "quitar peso". Mas Roque, el Moñigo, recelaba que el peso que había tratado de quitar el avión era el suyo propio. De todas maneras, Roque, el Moñigo, agradecía al aviador aquel medallón de carne retorcida que le había dejado en el muslo.

Continuaban los tres mirando la cicatriz que parecía, por la forma, una coneja. Roque, el Moñigo, se inclinó de repente, y la lamió con la punta de la lengua. Tras un rápido paladeo, afirmó:

—Sigue sabiendo salada. Dice Lucas, el Mutilado, que es por el hierro. Las cicatrices de hierro saben
siempre saladas. Su muñón también sabe salado y el de
Quino, el Manco, también. Luego, con los años, se
quita ese sabor.

Daniel, el Mochuelo, y Germán, el Tiñoso, le escuchaban escépticos. Roque, el Moñigo, receló de su in-
credulidad. Acercó la pierna a ellos e invitó:

—Probad, veréis como no os engaño.

El Mochuelo y el Tiñoso cambiaron unas miradas vacilantes. Al fin, el Mochuelo se inclinó y rozó
la cicatriz con la punta de la lengua.

—Sí, sabe salada — confirmó.

El Tiñoso lamió tras él y asintió con la cabeza.
Después dijo:

—Sí, es cierto que sabe salada, pero no es por el
hierro, es por el sudor. Probad mi oreja, veréis como
también sabe salada.

Daniel, el Mochuelo, interesado en el asunto, se
aproximó al Tiñoso y le lamió el lóbulo dividido de la
oreja.

—Es verdad — dijo —. También la oreja del Tiñoso
sabe salada.

—¿A ver? — inquirió dubitativo, el Moñigo.

Y deseoso de zanjar el pleito, chupó con avidez
el lóbulo del Tiñoso con la misma fruición que si ma-
mase. Al terminar, su rostro expresó un profundo des-
encanto.

—Es cierto que sabe salada también — dijo —. Eso
es que te dañaste con la cerca de alambre y no con la
púa de una zarzamora como crees.

—No — saltó el Tiñoso, airado —; me rasgué la oreja con la púa de una zarzamora. Estoy bien seguro.

—Eso crees tú.

Germán, el Tiñoso, no se daba por vencido. Agachó la cabeza a la altura de la boca de sus compañeros.

—¿Y mis calvas, entonces? — dijo con terca insistencia —. También saben saladas. Y mis calvas no me las hice con ningún hierro. Me las pegó un pájaro.

El Moñigo y el Mochuelo se miraron atónitos, pero, uno tras otro, se inclinaron sobre la morena cabeza de Germán, el Tiñoso, y lamieron una calva cada uno. Daniel, el Mochuelo, reconoció en seguida:

—Sí saben saladas.

Roque, el Moñigo, no dio su brazo a torcer:

—Pero eso no es una cicatriz. Las calvas no son cicatrices. Ahí no tuviste herida nunca. Nada tiene que ver que sepan saladas.

Y el ventanuco iba oscureciéndose y el valle se tornaba macilento y triste, y ellos seguían discutiendo sin advertir que se hacía de noche y que sobre el tejado de pizarra repiqueteaba aún la lluvia y que el tranvía interprovincial subía ya afanosamente vía arriba, soltando, de vez en cuando, blancos y espumosos borbotones de humo, y Daniel, el Mochuelo, se compungía pensando que él necesitaba una cicatriz y no la tenía, y si la tuviera, quizá podría dilucidar la cuestión sobre si las cicatrices sabían saladas por causa del sudor, como afirmaba el Tiñoso, o por causa del hierro, como decían el Moñigo y Lucas, el Mutilado.

XI

Roque, el Moñigo, dejó de admirar y estimar a Quino, el Manco, cuando se enteró de que éste había llorado hasta hartarse el día que se murió su mujer. Porque Quino el Manco, además de la mano, había perdido a su mujer, la Mariuca. Y no sería porque no se lo avisaran. Más que nadie la Josefa, que estaba enamorada de él, y se lo restregaba por las narices a la menor oportunidad, muchas veces sin esperar la oportunidad siquiera.

—Quino, piénsalo. Mira que la Mariuca está tísica perdida.

Quino, el Manco, se sulfuraba.

—¿Y a ti qué diablos te importa, si puede saberse? — decía.

La Josefa tragaba bilis y lo dejaba. Por la noche lloraba, a solas, en su alcoba, hasta empapar la almohada y se juraba no volver a intervenir en el asunto. Mas a la mañana siguiente olvidaba su determinación. Le gustaba demasiado Quino, el Manco, para abandonar el campo sin quemar el último cartucho. Le gustaba porque era todo un hombre: fuerte, serio y cabal. Fuerte, sin ser un animal como Paco, el herrero; serio, sin llegar al escepticismo, como Pancho, el Sindiós, y cabal, sin ser un santo, como don José, el cura, lo era. En fin, lo que se dice un hombre equilibrado, un hombre que no pecaba por exceso ni por defecto, un hombre en el fiel.

Quino, en realidad, no creía en la tuberculosis. El mundo, para él, se componía de delgados y gordos. Mariuca era delgada, como delgados eran doña Lola y doña Irene, las Guindillas y Andrés, el zapatero. Y él era gordo como lo era Cuco, el factor. Pero eso no quería decir que los otros estuvieran enfermos y ellos sanos. De la Mariuca decían que estaba tísica desde que nació, pero ahí la tenían con sus veintitrés años, lozana y fresca como una flor.

Quino se acercó a ella sugestionado más que enamorado. Su natural tendencia le inclinaba a las hembras rollizas, de formas calientes, caídas por su propio peso, y exuberantes. Concretamente, hacia mujeres como la Josefa, duras, densas y apelmazadas. Pero Quino, el Manco, reflexionaba así: "En las ciudades, los señoritos se casan con las hembras flacas. Algo especial tendrán las flacas cuando los señoritos, que tienen estudios y talento, las buscan así." Y se arrimó a la Mariuca porque era flaca. A los pocos días, sí se enamoró. Se enamoró ciegamente de ella porque tenía la mirada triste y sumisa como un corderillo y la piel azulada y translúcida como la porcelana. Se entendieron. A la Mariuca la gustaba Quino, el Manco, porque era su antítesis: macizo, vigoroso, corpulento y con unos ojos agudos y punzantes como bisturíes.

Quino, el Manco, decidió casarse y los vecinos se

le echaron encima: "La Mariuca está delicada." "La Mariuca está enferma." "La tisis es mala compañera." Pero Quino, el Manco, saltó por encima de todo y una mañana esplendente de primavera se presentó a la puerta de la iglesia embutido en un traje de paño azul y con un pañuelo blanco anudado al cuello. Don José, el cura, que era un gran santo, los bendijo. La Mariuca le puso la alianza en el dedo anular de la mano izquierda, porque Quino, el Manco, tenía seccionada la derecha.

La Josefa, a pesar de todo, no logró amargarle la luna de miel. La Josefa se propuso que le pesara toda la vida sobre la conciencia la sombra de su desgracia. Pero no lo consiguió.

En la iglesia, durante la primera amonestación, saltó como una pantera, gritando, mientras corría hacia el altar de san Roque y poniendo al santo por testigo, que la Mariuca y Quino, el Manco, no podían casarse porque ella estaba tísica. Hubo, primero, un revuelo y, luego, un silencio hecho de cien silencios, en el templo. Mas don José conocía mejor que ella los impedimentos y todo el Derecho Canónico.

—Hija — dijo —, la ley del Señor no prohíbe a los enfermos contraer matrimonio. ¿Has entendido?

La Josefa, desesperada, se arrojó sobre las gradas del presbiterio y comenzó a llorar como una loca, mesándose los cabellos y pidiendo compasión. Todos la compadecían, pero resultaba inoperante fabricar, en un momento, otro Quino. Desde los bancos del fondo, donde se ponían los hombres, el Manco sonreía tristemente y se daba golpes amistosos con el muñón

en la barbilla. La Guindilla mayor, al ver que don
José vacilaba, no sabiendo qué partido tomar, se adelantó hasta la Josefa y la sacó del templo, tomándola
compasivamente por las axilas. (La Guindilla mayor
pretendió, luego, que don José, el cura, dijese otra
misa en atención a ella, ya que entre sacar a la Josefa
de la iglesia y atenderla unos momentos en el atrio
se le pasó el Sanctus. Y ella afirmaba que no se iba a
quedar sin misa por hacer una obra de caridad, y
que eso no era justo, ni razonable, ni lógico, ni moral
y que la comían por dentro los remordimientos y que
era la primera vez que le ocurría en su vida... A duras
penas don José logró apaciguarla y devolverle su in-
estable paz de conciencia.) Después continuó el Santo
Sacrificio como si nada, pero al domingo siguiente no
faltó a misa ni Pancho, el Sindiós, que se coló subrepticiamente en el coro, tras el armonio. Y lo que pasa.
Aquel día, don José leyó las amonestaciones y no ocurrió nada. Tan sólo, al pronunciar el cura el nombre
de Quino surgió un suspiro ahogado del banco que
ocupaba la Josefa. Pero nada más. Pancho, el Sindiós,
dijo, al salir, que la piedad era inútil, un trasto, que
en aquel pueblo no se sacaba nada en limpio siendo
un buen creyente y que, por lo tanto, no volvería a
la iglesia.

Lo gordo aconteció durante el refresco el día de
la boda, cuando nadie pensaba para nada en la Josefa.
Que nadie pensara en ella debió ser el motivo que la
empujó a llamar la atención de aquella bárbara manera. De todos modos fue aquello una oscura y dolorosa contingencia.

Su grito se oyó perfectamente desde el corral de
Quino, el Manco, donde se reunían los invitados. El
grito provenía del puente y todos miraron hacia el
puente. La Josefa, toda desnuda, estaba subida al pre-
til, de cara al río, y miraba la fiera corriente con ojos
desencajados. Todo lo que se les ocurrió a las mujeres para evitar la catástrofe fue gritar, redondear los
ojos, y desmayarse. Dos hombres echaron a correr hacia ella, según decían para contenerla, pero sus es-
posas les ordenaron acremente volverse atrás, porque
no querían que sus maridos vieran de cerca a la Josefa toda desnuda. Entre estas dudas y vacilaciones,
la Josefa volvió a gritar, levantó los brazos, puso los
ojos en blanco y se precipitó en la oscura corriente
de El Chorro.

Acudieron allá todos menos los novios. Al poco
tiempo regresó a la taberna el juez. Quino, el Manco,
decía en ese momento a la Mariuca:

—Esa Josefa es una burra.

—Era... — corrigió el juez.

Por eso supieron la Mariuca y Quino, el Manco,
que la Josefa se había matado.

Para enterrarla en el pequeño camposanto de junto a la iglesia hubo sus más y sus menos, pues don
José no se avenía a dar entrada en él a una suicida
y no lo consintió sin antes consultar al Ordinario. Al
fin llegaron noticias de la ciudad y todo se arregló,
pues, por lo visto, la Josefa se había suicidado en un
estado de enajenación mental transitorio.

Pero ni la sombra de la Josefa bastó para entur-
biar las mieles de Quino en su viaje de bodas. Los

novios pasaron una semana en la ciudad y de regreso le faltó tiempo a la Mariuca para anunciar a los cuatro vientos que estaba encinta.

—¿Tan pronto? — la preguntó la Chata, que no se explicaba cómo unas mujeres quedaban embarazadas por acostarse una noche con un hombre y otras no, aunque se acostasen con un hombre todas las noches de su vida.

—Anda ésta. ¿Qué tiene la cosa de particular? — dijo, azorada, la Mariuca.

Y la Chata masculló una palabrota por dentro.

El proceso de gestación de la criatura no fue normal. A medida que se le abultaba el vientre a la Mariuca se le afilaba la cara de un modo alarmante. Las mujeres comenzaron a murmurar que la chica no aguantaría el parto.

El parto sí lo aguantó, pero se quedó en el sobreparto. Murió tísica a la semana y media de dar a luz y dio a luz a los cinco meses justos de suicidarse la Josefa.

Las comadres del pueblo empezaron a explicarse entonces la precipitación de la Mariuca por pregonar su estado, aun antes de apearse del tren que la trajo de la ciudad.

Quino, el Manco, según decían, pasó la noche solo, llorando junto al cadáver, con la niñita recién nacida en los brazos y acariciando tímidamente, con el retorcido muñón, las lacias e inertes melenas rubias de la difunta.

La Guindilla mayor, al enterarse de la desgracia, hizo este comentario:

—Eso es un castigo de Dios por haber comido el cocido antes de las doce.

Se refería a lo del alumbramiento prematuro, pero el ama de don Antonino, el marqués, tenía razón al comentar que seguramente no era aquello un castigo de Dios, puesto que Irene, la Guindilla menor, había comido no sólo el cocido, sino la sopa también antes de las doce, y nada le había ocurrido.

En aquella época, Daniel, el Mochuelo, sólo contaba dos años, y cuatro Roque, el Moñigo. Cinco después empezaron a visitar a Quino de regreso del baño en la Poza del Inglés, o de pescar cangrejos o jaramugo. El Manco era todo generosidad y les daba un gran vaso de sidra de barril por una perra chica. Ya entonces la tasca de Quino marchaba pendiente abajo. El Manco devolvía las letras sin pagar y los proveedores le negaban la mercancía. Gerardo, el Indiano, le afianzó varias veces, pero como no observara en Quino afán alguno de enmienda, pasados unos meses lo abandonó a su suerte. Y Quino, el Manco, empezó a ir de tumbo en tumbo, de mal en peor. Eso sí, él no perdía la locuacidad y continuaba regalando de lo poco que le quedaba.

Roque, el Moñigo, Germán, el Tiñoso, y Daniel, el Mochuelo, solían sentarse con él en el banco de piedra rayano a la carretera. A Quino, el Manco, le gustaba charlar con los niños más que con los mayores, quizá porque él, a fin de cuentas, no era más que un niño grande también. En ocasiones, a lo largo de la conversación, surgía el nombre de la Mariuca, y con él el recuerdo, y a Quino, el Manco, se le humedecían los ojos y, para disimular la emoción, se propinaba golpes reiteradamente con el muñón en la barbilla. En estos casos, Roque, el Moñigo, que era enemigo de lágrimas y de sentimentalismos, se levantaba y se largaba sin decir nada, llevándose a los dos amigos cosidos a los pantalones. Quino, el Manco, les miraba estupefacto, sin comprender nunca el motivo que impulsaba a los rapaces para marchar tan repentinamente de su lado, sin exponer una razón.

Jamás Quino, el Manco, se vanaglorió con los tres pequeños de que una mujer se hubiera matado desnuda por él. Ni aludió tan siquiera a aquella contingencia de su vida. Si Daniel, el Mochuelo, y sus amigos sabían que la Josefa se lanzó corita al río desde el puente, era por Paco, el herrero, que no disimulaba que le había gustado aquella mujer y que si ella hubiese accedido, sería, a estas alturas, la segunda madre de Roque, el Moñigo. Pero si ella prefirió la muerte que su enorme tórax y su pelo rojo, con su pan se lo comiera.

Lo que más avivaba la curiosidad de los tres amigos en los tiempos en que en la taberna de Quino se despachaba un gran vaso de sidra de barril por cinco céntimos, era conocer la causa por la que al Manco le faltaba una mano. Constituía la razón una historia sencilla que el Manco relataba con sencillez.

—Fue mi hermano, ¿sabéis? — decía —. Era leñador. En los concursos ganaba siempre el primer premio. Partía un grueso tronco en pocos minutos, antes que nadie. Él quería ser boxeador.

La vocación del hermano de Quino, el Manco, acrecía la atención de los rapaces. Quino proseguía:

—Claro que esto no sucedió aquí. Sucedía en Vizcaya hace quince años. No está lejos Vizcaya, ¿sabéis? Más allá de estos montes — y señalaba la cumbre fosca, empenachada de bruma, del Pico Rando —. En Vizcaya todos los hombres quieren ser fuertes y muchos lo son. Mi hermano era el más fuerte del pueblo, por eso quería ser boxeador; porque les ganaba a todos. Un día, me dijo: "Quino, aguántame este tronco, que voy a partirlo de cuatro hachazos." Esto me lo pedía con frecuencia, aunque nunca partiera los troncos de cuatro hachazos. Eso era un decir. Aquel día se lo aguanté firme, pero en el momento de descargar el golpe, yo adelanté la mano para hacerle una advertencia y ¡zas! — las tres caritas infantiles expresaban, en este instante, un mismo nivel emocional. Quino, el Manco, se miraba cariñosamente el muñón y sonreía: — La mano saltó a cuatro metros de distancia, como una astilla — continuaba —. Y cuando yo mismo fui a recogerla, todavía estaba caliente y los dedos se retorcían solos, nerviosamente, como la cola de una lagartija.

El Moñigo temblaba al preguntarle:

—¿Te... te importa enseñarme de cerca el muñón, Manco?

Quino adelantaba el brazo, sonriente:

—Al contrario — decía.

Los tres niños, animados por la amable concesión del Manco, miraban y remiraban la incompleta extremidad, lo sobaban, introducían las uñas sucias por las hendiduras de la carne, se hacían uno a otro indicaciones y, al fin, dejaban el muñón sobre la mesa de piedra como si se tratara de un objeto ya inútil.

La Mariuca, la niña, se crió con leche de cabra y el mismo Quino le preparó los biberones hasta que cumplió el año. Cuando la abuela materna le insinuó una vez que ella podía hacerse cargo de la niña, Quino, el Manco, lo tomó tan a pecho y se irritó de tal modo que él y su suegra ya no volvieron a dirigirse la palabra. En el pueblo aseguraban que Quino había prometido a la difunta no dejar a la criatura en manos ajenas aunque tuviera que criarla en los propios pechos. Esto le parecía a Daniel, el Mochuelo, una evidente exageración.

A la Mariuca-uca, como la llamaban en el pueblo para indicar que era una consecuencia de la Mariuca difunta, la querían todos a excepción de Daniel, el Mochuelo. Era una niña de ojos azules, con los cabellos dorados y la parte superior del rostro tachonado de pecas. Daniel, el Mochuelo, conoció a la niña muy pronto, tanto que el primer recuerdo de ella se desvanecía en su memoria. Luego sí, recordaba a la Mariuca-uca, todavía una cosita de cuatro años, rondando los días de fiesta por las proximidades de la quesería.

La niña despertaba en la madre de Daniel, el Mochuelo, el instinto de la maternidad prematuramente truncada. Ella deseaba una niña, aunque hubiera tenido la carita llena de pecas como la Mariuca-uca. Pero eso ya no podría ser. Don Ricardo, el médico, le dijo que después del aborto le había quedado el vientre seco. Su vientre, pues, envejecía sin esperanzas. De aquí que la madre de Daniel, el Mochuelo, sintiese hacia la pequeña huérfana una inclinación casi maternal. Si la veía pindongueando por las inmediaciones de la quesería, la llamaba y la sentaba a la mesa.

—Mariuca-uca, hija — decía, acariciándola —, querrás un poco de boruga, ¿verdad?

La niña asentía. La madre del Mochuelo la atendía solícita.

—Pequeña, ¿tienes bastante azúcar? ¿Te gusta?

Volvía a asentir la niña, sin palabras. Al concluir la golosina, la madre de Daniel se interesaba por los pormenores domésticos de la casa del Quino:

—Mariuca-uca, hija, ¿quién te lava la ropa?

La niña sonreía:

—El padre.

—¿Y quién te hace la comida?

—El padre.

—¿Y quién te peina las trenzas?

—El padre.

—¿Y quién te lava la cara y las orejas?

—Nadie.

La madre de Daniel, el Mochuelo, sentía lástima de ella. Se levantaba, vertía agua en una palangana y lavaba las orejas de la Mariuca-uca y, después, le peinaba cuidadosamente las trenzas. Mientras realizaba esta operación musitaba como una letanía: "Pobre niña, pobre niña, pobre niña..." y, al acabar, decía dándole una palmada en el trasero:

—Vaya, hija, así estás más curiosita.

La niña sonreía débilmente y entonces la madre de

Daniel, el Mochuelo, la cogía en brazos y la besaba muchas veces, frenéticamente.

Tal vez influyera en Daniel, el Mochuelo, este cariño desmedido de su madre hacia la Mariuca-uca para que ésta no fuese santo de su devoción. Pero no; lo que enojaba a Daniel, el Mochuelo, era que la pequeña Uca quisiera meter la nariz en todas las salsas e intervenir activamente en asuntos impropios de una mujer y que no le concernían.

Cierto es que Mariuca-uca disfrutaba de una envidiable libertad, una libertad un poco salvaje, pero, al fin y al cabo, la Mariuca-uca era una mujer, y una mujer no puede hacer lo mismo que ellos hacían ni tampoco ellos hablar de "eso" delante de ella. No hubiera sido delicado ni oportuno. Por lo demás, que su madre la quisiera y la convidase a boruga los domingos y días festivos, no le producía frío ni calor. Le irritaba la incesante mirada de la Mariuca-uca en su cara, su afán por interceptar todas las contingencias y eventualidades de su vida.

—Mochuelo, ¿dónde vas a ir hoy?

—Al demonio. ¿Quieres venir?

—Sí — afirmaba la niña, sin pensar lo que decía.

Roque, el Moñigo, y Germán, el Tiñoso, se reían y le mortificaban, diciéndole que la Uca-uca estaba enamorada de él.

Un día, Daniel, el Mochuelo, para zafarse de la niña, le dio una moneda y le dijo:

—Uca-uca, toma diez y vete a la botica a pesarme.

Ellos se fueron al monte y, al regresar, ya de noche, la Mariuca-uca les aguardaba pacientemente, sentada a la puerta de la quesería. Se levantó al verles, se acercó a Daniel y le devolvió la moneda.

—Mochuelo — dijo —, dice el boticario que para pesarte has de ir tú.

Los tres amigos se reían espasmódicamente y ella les miraba con sus intensos ojos azules, probablemente sin comprenderles.

Uca-uca, en ocasiones, había de echar mano de toda su astucia para poder ir donde el Mochuelo.

Una tarde, se encontraron los dos solos en la carretera.

—Mochuelo — dijo la niña —. Sé dónde hay un nido de rendajos con pollos emplumados.

—Dime dónde está — dijo él.

—Ven conmigo y te lo enseño — dijo ella.

Y, esa vez, se fue con la Uca-uca. La niña no le quitaba ojo en todo el camino. Entonces sólo tenía nueve años. Daniel, el Mochuelo, sintió la impresión de sus pupilas en la carne, como si le escarbasen con un punzón.

—Uca-uca, ¿por qué demonios me miras así? — preguntó.

Ella se avergonzó, pero no desvió la mirada.

—Me gusta mirarte — dijo.

—No me mires, ¿oyes?

Pero la niña no le oyó o no le hizo caso.

—Te dije que no me mirases, ¿no me oíste? — insistió él.

Entonces ella bajó los ojos.

—Mochuelo — dijo —. ¿Es verdad que te gusta la Mica?

Daniel, el Mochuelo, se puso encarnado. Dudó un momento, notando como un extraño burbujeo en la cabeza. Ignoraba si en estos casos procedía enfadarse o si, por el contrario, debía sonreír. Pero la sangre continuaba acumulándose en la cabeza y, para abreviar, se indignó. Disimuló, no obstante, fingiendo dificultades para saltar la cerca de un prado.

—A ti no te importa si me gusta la Mica o no — dijo.

Uca-uca insinuó débilmente:

—Es más vieja que tú; te lleva diez años.

Se enfadaron. El Mochuelo la dejó sola en un prado y él se volvió al pueblo sin acordarse para nada del nido de rendajos. Pero en toda la noche no pudo olvidar las palabras de Mariuca-uca. Al acostarse sintió una rara desazón. Sin embargo, se dominó. Ya en la cama, recordó que el herrero le contaba muchas veces la historia de la Guindilla menor y don Dimas y siempre empezaba así: "El granuja era quince años más joven que la Guindilla…"

Sonrió Daniel, el Mochuelo, en la oscuridad. Pensó que la historia podría repetirse y se durmió arrullado por la sensación de que le envolvían los efluvios de una plácida y extraña dicha.

XII

Eʟ tío Aurelio, el hermano de su madre, les escribió desde Extremadura. El tío Aurelio se marchó a Extremadura porque tenía asma y le sentaba mal el clima del valle, húmedo y próximo al mar. En Extremadura, el clima era más seco y el tío Aurelio marchaba mejor. Trabajaba de mulero en una gran dehesa, y si el salario no daba para mucho, en cambio tenía techo gratis y frutos de la tierra a bajos precios. "En estos tiempos no se puede pedir más", les había dicho en su primera carta.

De su tío sólo le quedaba a Daniel, el Mochuelo, el vago recuerdo de un jadeo ahogado, como si resollase junto a su oído una acongojada locomotora ascendente. El tío se ponía compresas en la parte alta del pecho y respiraba siempre en su habitación vapores de eucaliptos. Mas, a pesar de las compresas y los vapores de eucaliptos, el tío Aurelio sólo cesaba de meter ruido al respirar en el verano, durante la quincena más seca.

En la última carta, el tío Aurelio decía que enviaba para el pequeño un Gran Duque que había atrapado vivo en un olivar. Al leer la carta, Daniel, el Mochuelo, sintió un estremecimiento. Se figuró que su tío le enviaba, facturado, una especie de don Antonino, el marqués, con el pecho cubierto de insignias, medallas y condecoraciones. Él no sabía que los grandes duques anduvieran sueltos por los olivares, y, mucho menos, que los muleros pudieran atraparlos impunemente como quien atrapa una liebre.

Su padre se rió de él cuando le expuso sus temores. Daniel, el Mochuelo, se alegró íntimamente de haber hecho reír a su padre, que en los últimos años andaba siempre con cara de vinagre y no se reía ni cuando los húngaros representaban comedias y hacían títeres en la plaza. Al acabar de reírse, su padre le aclaró:

—El Gran Duque es un búho gigante. Es un cebo muy bueno para matar milanos. Cuando llegue te llevaré conmigo de caza al Pico Rando.

Era la primera vez que su padre le prometía llevarle de caza con él. A pesar de que a su padre no se le ocultaba su avidez cinegética.

Todas las temporadas, al abrirse la veda, el quesero cogía el mixto en el pueblo, el primer día, y se marchaba hasta Castilla. Regresaba dos días después con alguna liebre y un buen racimo de perdices que, ineluctablemente, colgaba de la ventanilla de su compartimiento. A las codornices no les tiraba, pues decía que no valían el cartucho y que a los pájaros o se les mata con el tirachinas o se les deja vivir. Él les dejaba vivir. Daniel, el Mochuelo, los mataba con el tirachinas.

Cuando su padre regresaba de sus cacerías, en los albores del otoño, Daniel, el Mochuelo, salía a recibir-

le a la estación. Cuco, el factor, le anunciaba si el
tren venía en punto o si traía algún retraso. De todas
las maneras, Daniel, el Mochuelo, aguardaba a ver
aparecer la fumosa locomotora por la curva con el
corazón alborozado y la respiración anhelante. Siempre localizaba a su padre por el racimo de perdices.
Ya a su lado, en el pequeño andén, su padre le entregaba la escopeta y las piezas muertas. Para Daniel,
el Mochuelo, significaba mucho esta muestra de confianza, y aunque el arma pesaba lo suyo y los gatillos
tentaban vivamente su curiosidad, él la llevaba con
una ejemplar seriedad cinegética.

Luego no se apartaba de su padre mientras lim-
piaba y engrasaba la escopeta. Le preguntaba cosas
y más cosas y su padre satisfacía o no su curiosidad
según el estado de su humor. Pero siempre que imi-
taba el vuelo de las perdices su padre hacía "Prrrrr",
con lo que Daniel, el Mochuelo, acabó convenciéndo-
se de que las perdices, al volar, tenían que hacer "Prrr"
y no podían hacer de otra manera. Se lo contó a su
amigo, el Tiñoso, y discutieron fuerte porque Germán
afirmaba que era cierto que las perdices hacían ruido
al volar, sobre todo en invierno y en los días ventosos,
pero que hacían "Brrrrr" y no "Prrrrr" como el Mochuelo y su padre decían. No resultaba viable conven-
cerse mutuamente del ruido exacto del vuelo de las
perdices y aquella tarde concluyeron regañando.

Tanta ilusión como por ver llegar a su padre triun-
fador, con un par de liebres y media docena de perdices colgadas de la ventanilla, le producía a Daniel, el
Mochuelo, el primer encuentro con Tula, la perrita

cocker, al cabo de dos o tres días de ausencia. Tula descendía del tren de un brinco y, al divisarle, le ponía las manos en el pecho y, con la lengua, llenaba su rostro de incesantes y húmedos halagos. Él la acariciaba también, y le decía ternezas con voz trémula. Al llegar a casa, Daniel, el Mochuelo, sacaba al corral una lata vieja con los restos de la comida y una herrada de agua y asistía, enternecido, al festín del animalito.

A Daniel, el Mochuelo, le preocupaba la razón por la que en el valle no había perdices. A él se le antojaba que de haber sido perdiz no hubiera salido del valle. Le entusiasmaría remontarse sobre la pradera y recrearse en la contemplación de los montes, los espesos bosques de castaños y eucaliptos, los pueblos pétreos y los blancos caseríos dispersos, desde la altura. Pero a las perdices no les agradaba eso, por lo visto, y anteponían a las demás satisfacciones la de poder comer, fácil y abundantemente.

Su padre le relataba que una vez, muchos años atrás, se le escapó una pareja de perdices a Andrés, el zapatero, y criaron en el monte. Meses después, los cazadores del valle acordaron darles una batida. Se reunieron treinta y dos escopetas y quince perros. No se olvidó un solo detalle. Partieron del pueblo de madrugada y hasta el atardecer no dieron con las perdices. Mas sólo restaba la hembra con tres pollos escuálidos y hambrientos. Se dejaron matar sin oponer resistencia. A la postre, disputaron los treinta y dos cazadores por la posesión de las cuatro piezas cobradas y terminaron a tiros entre los riscos. Casi hubo aquel día más víctimas entre los hombres que entre las perdices.

Cuando el Mochuelo contó esto a Germán, el Tiñoso, éste le dijo que lo de que las perdices se le escaparon a su padre y criaron en la montaña era bien cierto, pero que todo lo demás era una inacabable serie de embustes.

Al recibir la carta del tío Aurelio le entró un nerviosismo a Daniel, el Mochuelo, imposible de acallar. No veía el momento de que el Gran Duque llegase y poder salir con su padre a la caza de milanos. Si tenía algún recelo, se lo procuraba el temor de que sus amigos, con la novedad, dejaran de llamarle Mochuelo y le apodaran, en lo sucesivo, Gran Duque. Un cambio de apodo le dolía tanto, a estas alturas, como podría dolerle un cambio de apellido. Pero el Gran Duque llegó y sus amigos, tan excitados como él mismo, no tuvieron tiempo ni para advertir que el impresionante pajarraco era un enorme mochuelo.

El quesero amarró al Gran Duque por una pata en un rincón de la cuadra y si alguien entraba a verle, el animal bufaba como si se tratase de un gato encolerizado.

Diariamente comía más de dos kilos de recortes de carne, y la madre de Daniel, el Mochuelo, apuntó tímidamente una noche que el Gran Duque gastaba en comer más que la vaca y que la vaca daba leche y el Gran Duque no daba nada. Como el quesero callase, su mujer preguntó si es que tenían al Gran Duque como huésped de lujo o si se esperaba de él un rendimiento. Daniel, el Mochuelo, tembló pensando que su padre iba a romper un plato o una encella de barro como siempre que se enfadaba. Pero esta vez el quesero se reprimió y se limitó a decir con gesto hosco:

—Espero de él un rendimiento.

Al asentarse el tiempo, su padre le dijo una noche, de repente, al Mochuelo:

—Prepárate. Mañana iremos a los milanos. Te llamaré con el alba.

Le entró un escalofrío por la espalda a Daniel, el Mochuelo. De improviso, y sin ningún motivo, su nariz percibía ya el aroma de tomillo que exhalaban los pantalones de caza del quesero, el seco olor a pólvora de los cartuchos disparados y que su padre recargaba con paciencia y parsimonia, una y otra vez, hasta que se inutilizaban totalmente. El niño presentía ya el duelo con los milanos, taimados y veloces, y, mentalmente, matizaba la proyectada excursión.

Con el alba salieron. Los helechos, a los bordes del sendero, brillaban de rocío y en la punta de las hierbas se formaban gotitas microscópicas que parecían de mercurio. Al iniciar la pendiente del Pico Rando, el sol asomaba tras la montaña y una bruma pesada y blanca se adhería ávidamente al fondo del valle. Visto, éste, desde la altura, semejaba un lago lleno de un líquido ingrávido y extraño.

Daniel, el Mochuelo, miraba a todas partes fascinado. En la espalda, encerrado en una jaula de madera, llevaba al Gran Duque, que bufaba rabioso si algún perro les ladraba en el camino.

Al salir de casa, Daniel dijo al quesero:

—¿Y a la Tula no la llevamos?

—La Tula no pinta nada hoy — dijo su padre.

Y el muchacho lamentó en el alma que la perra, que al ver la escopeta y oler las botas y los pantalones del quesero se había impacientado mucho, hubiera de quedarse en casa. Al trepar por la vertiente sur del Pico Rando y sentirse impregnado de la luminosidad del día y los aromas del campo, Daniel, el Mochuelo, volvió a acordarse de la perra. Después, se olvidó de la perra y de todo. No veía más que la cara acechante de su padre, agazapado entre unas peñas grises, y al Gran Duque agitarse y bufar cinco metros más allá, con la pata derecha encadenada. Él se hallaba oculto entre la maleza, frente por frente de su padre.

—No te muevas ni hagas ruido; los milanos saben latín — le advirtió el quesero.

Y él se acurrucó en su escondrijo, mientras se preguntaba si tendría alguna relación el que los milanos supieran latín, como decía su padre, con que vistiesen de marrón, un marrón duro y escueto, igual que las sotanas de los frailes. O a lo mejor su padre lo había dicho en broma; por decir algo.

Daniel, el Mochuelo, creyó entrever que su padre le señalaba el cielo con el dedo. Sin moverse miró a lo alto y divisó tres milanos describiento pausados círculos concéntricos por encima de su cabeza. El Mochuelo experimentó una ansiedad desconocida. Observó, de nuevo, a su padre y le vio empalidecer y aprestar la escopeta con cuidado. El Gran Duque se había excitado más y bufaba. Daniel, el Mochuelo, se aplastó contra la tierra y contuvo el aliento al ver que los mi-

lanos descendían sobre ellos. Casi era capaz ya de
distinguirles con todos sus pormenores. Uno de ellos
era de un tamaño excepcional. Sintió el Mochuelo un
picor intempestivo en una pierna, pero se abstuvo de
rascarse para evitar todo ruido y movimiento.

De pronto, uno de los milanos se descolgó vertical-
mente del cielo y cruzó raudo, rasando la cabeza del
Gran Duque. Inmediatamente se desplomaron los otros
dos. El corazón de Daniel, el Mochuelo, latía desala-
do. Esperó el estampido del disparo, arrugando la cara,
pero el estampido no se produjo. Miró a su padre, estupefacto.

Éste seguía al milano grande, que de nuevo se re-
montaba, por los puntos de la escopeta, pero no disparó tampoco ahora. Pensó Daniel, el Mochuelo, que
a su padre le ocurría algo grave. Jamás vio él un milano tan próximo a un hombre y, sin embargo, su padre
no hacía fuego.

Los milanos volvieron a la carga al poco rato.
La excitación de Daniel aumentó. Pasó el primer
milano, tan cerca, que el Mochuelo divisó su ojo brillante y redondo clavado fijamente en el Gran Duque, sus uñas rapaces y encorvadas. Cruzó el segundo. Semejaban una escuadrilla de aviones picando en
cadena. Ahora descendía el grande, con las alas disten-
didas, destacándose en el cielo azul. Sin duda era éste
el momento que aguardaba el quesero. Daniel observó
a su padre. Seguía al ave por los puntos de la escopeta. El milano sobrevoló al Gran Duque sin aletear.
En ese instante sonó el disparo, cuyas resonancias se
multiplicaron en el valle. El pájaro dejó flotando en el

aire una estela de plumas y sus enormes alas bracea-
ron frenéticas, impotentes, en un desesperado esfuerzo por alejarse de la zona de peligro. Mas, entonces,
el quesero disparó de nuevo y el milano se desplomó,
graznando lúgubremente, en un revoloteo de plumas.

El grito de júbilo de su padre no encontró eco en
Daniel, el Mochuelo. Éste se había llevado la mano a
la mejilla al oír el segundo disparo. Simultáneamente
con la detonación, sintió como si le atravesaran la carne con un alambre candente, como un latigazo instan-
táneo. Al retirar la mano vio que tenía sangre en ella.
Se asustó un poco. Al momento comprendió que su
padre le había pegado un tiro.

—Me has dado — dijo tímidamente.

El quesero se detuvo en seco; su entusiasmo se en-
frió instantáneamente. Al aproximarse a él casi lloraba de rabia.

—¿Ha sido mucho, hijo? ¿Ha sido mucho? — inquirió, excitado.

Por unos segundos, el quesero lo vio todo negro,
el cielo, la tierra y todo negro. Sus ahorros concienzu-
dos y su vida sórdida dejaron, por un instante, de tener dimensión y sentido. ¿Qué podía hacer él si había
matado a su hijo, si su hijo ya no podía progresar? Mas,
al acercarse, se disiparon sus oscuros presentimientos.
Ya a su lado, soltó una áspera carcajada nerviosa y se
puso a hacer cómicos aspavientos.

—Ah, no es nada, no es nada — dijo —. Creí que
era otra cosa. Un rebote. ¿Te duele, te duele? Ja, ja,
ja. Es sólo un perdigón.

No le agradó a Daniel, el Mochuelo, este menos-

precio de su herida. Pequeño o grande, aquello era
un tiro. Y con la lengua notaba un bultito por dentro
de la mejilla. Era el perdigón y el perdigón era de
cuarta. Casi una bala, una bala pequeñita.

—Ahora me duele poco. Lo tengo como dormido.
Antes sí me dolió — dijo.

Sangraba. La cabeza de su padre se desplazó nue-
vamente al milano abatido. Lo del chico no tenía im-
portancia.

—¿Le viste caer, Daniel? ¿Viste el muy ladino cómo
quiso rehacerse después del primer tiro? — preguntó.

Se contagió Daniel, el Mochuelo, del expansivo entusiasmo de su padre.

—Claro que le vi, padre. Ha caído ahí — dijo el
Mochuelo.

Y corrieron los dos juntos, dando saltos, hacia el
lugar señalado. El milano aún se retorcía en los pos-
treros espasmos de la muerte. Y medía más de dos
metros de envergadura.

De regreso a casa, Daniel, el Mochuelo, le dijo a
su padre:

—Padre, ¿crees que me quedará señal?

Apenas le hizo caso el quesero:

—Nada, eso se cierra bien.

Daniel, el Mochuelo, casi tenía lágrimas en los
ojos.

—Pero... pero, ¿no me quedará nada de cicatriz?

—Por supuesto, eso no es nada — repitió, desga-
nado, su padre.

Daniel, el Mochuelo, tuvo que pensar en otra cosa

para no ponerse a llorar. De pronto, el quesero le detuvo cogiéndole por el cuello:

—Oye, a tu madre ni una palabra, ¿entiendes? No hables de eso si quieres volver de caza conmigo, ¿de acuerdo?

Al Mochuelo le agradó ahora sentirse cómplice de su padre.

—De acuerdo — dijo.

Al día siguiente, el quesero marchó a la ciudad con el milano muerto y regresó por la tarde. Sin cambiarse de ropa agarró al Gran Duque, lo encerró en la jaula y se fue a La Cullera, una aldea próxima.

Por la noche, después de la cena, puso cinco billetes de cien sobre la mesa.

—Oye — dijo a su mujer —. Ahí tienes el rendimiento del Gran Duque. No era un huésped de lujo como verás. Cuatrocientas me ha dado el cura de La Cullera por él y cien en la ciudad la Junta contra Animales Dañinos por tumbar al milano.

La madre de Daniel no dijo nada. Su marido siempre había sido obstinado y terco para defender su postura. Y él no lo ocultaba tampoco: "Desde el día de mi boda, siempre me ha gustado quedar encima de mi mujer".

Y luego se reía, se reía con gruesas carcajadas, él sabría por qué.

XIII

HAY cosas que la voluntad humana no es capaz de controlar. Daniel, el Mochuelo, acababa de averiguar esto. Hasta entonces creyó que el hombre puede elegir libremente entre lo que quiere y lo que no quiere; incluso él mismo podía ir, si éste era su deseo, al dentista que actuaba en la galería de Quino, el Manco, los jueves por la mañana, mediante un módico alquiler, y sacarse el diente que le estorbase. Había algunos hombres, como Lucas, el Mutilado, que hasta les cercenaban un miembro si ese miembro llegaba a ser para ellos un estorbo. Es decir, que hasta la tarde aquella que saltaron la tapia del Indiano para robarle las manzanas y les sorprendió la Mica, Daniel, el Mochuelo, creyó que los hombres podían desentenderse a su antojo de cuanto supusiese para ellos una rémora, lo mismo en lo relativo al cuerpo que en lo concerniente al espíritu.

Pero nada más abandonar la finca del Indiano con una manzana en cada mano y las orejas gachas, Daniel, el Mochuelo, comprendió que la voluntad del hombre no lo es todo en la vida. Existían cosas que se le imponen al hombre, y lo sojuzgan, y lo someten a su

imperio con cruel despotismo. Tal — ahora se daba
cuenta — la deslumbradora belleza de la Mica. Tal,
el escepticismo de Pancho, el Sindiós. Tal, el encendido fervor de don José, el cura, que era un gran santo.
Tal, en fin, la antipatía sorda de la Sara hacia su hermano Roque, el Moñigo.

Desde el frustrado robo de las manzanas, Daniel,
el Mochuelo, comprendió que la Mica era muy hermosa, pero, además, que la hermosura de la Mica había encendido en su pecho una viva llama desconocida. Una llama que le abrasaba materialmente el
rostro cuando alguien mentaba a la Mica en su presencia. Eso constituía, en él, algo insólito, algo que
rompía el hasta ahora despreocupado e independiente
curso de su vida.

Daniel, el Mochuelo, aceptó este fenómeno con la
resignación con que se aceptan las cosas ineluctables.
Él no podía evitar acordarse de la Mica todas las noches al acostarse, o los domingos y días festivos si
comía boruga. Esto le llevó a deducir que la Mica
significaría para el feliz mortal que la conquistase un
muy dulce remanso de paz.

Al principio, Daniel, el Mochuelo, intentó zafarse
de esta presión interior que enervaba su insobornable
autonomía, pero acabó admitiendo el constante pensamiento de la Mica como algo consustancial a él
mismo, algo que formaba parte muy íntima de su
ser.

Si la Mica se ausentaba del pueblo, el valle se
ensombrecía a los ojos de Daniel, el Mochuelo, y parecía que el cielo y la tierra se tornasen yermos, ame-

drentadores y grises. Pero cuando ella regresaba, todo tomaba otro aspecto y otro color, se hacían más dulces y cadenciosos los mugidos de las vacas, más incitante el verde de los prados y hasta el canto de los mirlos adquiría, entre los bardales, una sonoridad más matizada y cristalina. Acontecía, entonces, como un portentoso renacimiento del valle, una acentuación exhaustiva de sus posibilidades, aromas, tonalidades y rumores peculiares. En una palabra, como si para el valle no hubiera ya en el mundo otro sol que los ojos de la Mica y otra brisa que el viento de sus palabras.

Daniel, el Mochuelo, guardaba su ferviente admiración por la Mica como el único secreto no compartido. No obstante, algo en sus ojos, quizás en su voz, revelaba una excitación interior muy difícil de acallar.

También sus amigos admiraban a la Mica. La admiraban en su belleza, lo mismo que admiraban al herrero en su vigor físico, o a don José, el cura, que era un gran santo, en su piedad, o a Quino, el Manco —antes de enterarse el Moñigo de que había llorado a la muerte de su mujer— en su muñón. La admiraban, sí, pero como se admira a las cosas bonitas o poderosas que luego no dejan huella. Sentían, sin duda, en su presencia, a la manera de una nueva emoción estética que inmediatamente se disipaba ante un tordo abatido con el tirachinas o un regletazo de don ⬤sés, el maestro. Su arrobo no perduraba; era e⬤ y decadente como una explosión.

En ello advirtió Daniel, el Mochuelo, que su estado de ánimo ante la Mica era una cosa especial, diferente del estado de ánimo de sus amigos. Y si no, ¿por qué Roque, el Moñigo, o Germán, el Tiñoso, no adelgazaban tres kilos si la Mica marchaba a América, o un par de ellos si sólo se desplazaba a la ciudad, o engordaban lo perdido y un kilo más cuando la Mica retornaba al valle por una larga temporada? Ahí estaba la demostración de que sus sentimientos hacia la Mica eran singulares, muy distintos de los que embargaban a sus compañeros. Aunque al hablar de ella se hicieran cruces, o Roque, el Moñigo, cerrase los ojos y emitiese un breve y agudo silbido, como veía hacer a su padre ante una moza bien puesta. Esto era pura ostentación, estridencias superficiales y no, en modo alguno, un ininterrumpido y violento movimiento de fondo.

Una tarde, en el prado de la Encina, hablaron de la Mica. Salió la conversación a propósito del muerto que según la gente había enterrado desde la guerra en medio del prado, bajo el añoso árbol.

—Será ya ceniza — dijo el Tiñoso —. No quedarán ni los huesos. ¿Creéis que cuando se muera la Mica olerá mal, como los demás, y se deshará en polvo?

Experimentó el Mochuelo un latigazo de sangre en la cara.

—No puede ser — saltó, ofendido, como si hubieran afrentado a su madre —. La Mica no puede oler a mal. Ni cuando se muera.

Moñigo soltó al aire una risita seca.

—Éste es lila — dijo —. La Mica cuando se muera olerá a demonios como todo hijo de vecino.

Daniel, el Mochuelo, no se entregó.

—La Mica puede morir en olor de santidad; es muy buena — añadió.

—¿Y qué es eso? — rezongó Roque.

—El olor de los santos.

Roque, el Moñigo, se sulfuró:

—Eso es un decir. No creas que los santos huelen a colonia. Para Dios, sí, pero para los que olemos con las narices, no. Mira don José. Creo que no puede haber hombre más santo, ¿eh? ¿Y no le apesta la boca? Don José será todo lo santo que quieras, pero cuando se muera olerá mal, como la Mica, como tú, como yo y como todo el mundo.

Germán, el Tiñoso, desvió la conversación. Hacía tan sólo dos semanas del asalto a la finca del Indiano. Entornó los ojos para hablar. Le costaba grandes esfuerzos expresarse. Su padre, el zapatero, aseguraba que se le escapaban las ideas por las calvas.

—¿Os fijasteis... os fijasteis — preguntó de pronto — en la piel de la Mica? Parece como que la tiene de seda.

—Eso se llama cutis... tener cutis — aclaró Roque, el Moñigo, y añadió... — De todo el pueblo es la Mica la única que tiene cutis.

Daniel, el Mochuelo, experimentó un gran gozo al saber que la Mica era la única persona del pueblo que tenía cutis.

—Tiene la piel como una manzana con lustre — aventuró tímidamente.

Roque, el Moñigo, siguió con lo suyo:

—La Josefa, la que se suicidó por el Manco, era gorda, pero por lo que dicen mi padre y la Sara tam-

bién tenía cutis. En las capitales hay muchas mujeres que lo tienen. En los pueblos, no, porque el sol
les quema el pellejo o el agua se lo arruga.

Germán, el Tiñoso, sabía algo de eso, porque tenía un hermano en la ciudad y algunos años venía por
las Navidades y le contaba muchísimas cosas de allá.

—No es por eso — atajó, con aire de suficiencia ab-
soluta —. Yo sé por lo que es. Las señoritillas se dan
cremas y potingues por las noches, que borran las
arrugas.

Le miraron los otros dos, embobados.

—Y aún sé más. — Se suavizó la voz y Roque y
Daniel se aproximaron a él invitados por su misterioso
aire de confidencia —. ¿Sabéis por qué a la Mica no
se le arruga el pellejo y lo conserva suave y fresco
como si fuera una niña? — dijo.

Las dos interrogaciones se confundieron en una
sola voz:

—¿Por qué?

—Pues porque se pone una lavativa todas las noches, al acostarse. Eso hacen todas las del cine. Lo
dice mi padre, y don Ricardo ha dicho a mi padre
que eso puede ser verdad, porque la vejez sale del
vientre. Y la cara se arruga por tener sucio el intes-
tino.

Para Daniel, el Mochuelo, fue esta manifestación
un rudo golpe. En su mente se confundían la Mica y
la lavativa en una irritante promiscuidad. Eran dos
polos opuestos e irreconciliables. Pero, de improviso,
recordaba lo que decía a veces don Moisés, el maestro, de que los extremos se tocan y sentía una desfon-

dada depresión, como si algo se le fuese del cuerpo a chorros. La afirmación del Tiñoso era, pues, concienzuda, enteramente posible y verosímil. Mas cuando dos días después volvió a ver a la Mica, se desvanecieron sus bajos recelos y comprendió que don Ricardo y el zapatero y Germán, el Tiñoso, y todo el pueblo decían lo de la lavativa, porque ni sus madres, ni sus mujeres, ni sus hermanas, ni sus hijas tenían cutis y la Mica sí que lo tenía.

La sombra de la Mica acompañaba a Daniel, el Mochuelo, en todos sus quehaceres y devaneos. La idea de la muchacha se encajonó en su cerebro como una obsesión. Entonces no reparaba en que la chica le llevaba diez años y sólo le preocupaba el hecho de que cada uno perteneciera a una diferente casta social. No se reprochaba más que el que él hubiera nacido pobre y ella rica y que su padre, el quesero, no se largase, en su día, a las Américas, con Gerardo, el hijo menor de la señora Micaela. En tal caso, podría él disponer, a estas alturas, de dos restaurantes de lujo, un establecimiento de receptores de radio y tres barcos de cabotaje o siquiera, siquiera, de un comercio de aparatos eléctricos como el que poseían en la ciudad los "Ecos del Indiano". Con el comercio de aparatos eléctricos sólo le separarían de la Mica los dos restaurantes de lujo y los tres barcos de cabotaje. Ahora, a más de los restaurantes de lujo y los barcos de cabotaje, había por medio un establecimiento de receptores de radio que tampoco era moco de pavo.

Sin embargo, a pesar de la admiración y el arrobo de Daniel, el Mochuelo, pasaron años antes de poder cambiar la palabra con la Mica, aparte de la amable reprimenda del día de las manzanas. Daniel, el Mochuelo, se conformaba con despedirla y darle la bienvenida con una mirada triste o radiante, según las circunstancias. Eso sólo, hasta que una mañana de verano le llevó hasta la iglesia en su coche, aquel coche negro y alargado y reluciente que casi no metía ruido al andar. Por entonces, el Mochuelo había cumplido ya los diez años y sólo le restaba uno para marcharse al colegio a empezar a progresar. La Mica ya tenía diecinueve para veinte y los tres años transcurridos desde la noche de las manzanas, no sólo no lastimaron su piel, ni su rostro, ni su cuerpo, sino, al contrario, sirvieron para que su piel, su cuerpo y su rostro entrasen en una fase de mayor armonía y plenitud.

Él subía la varga agobiado por el sol de agosto, mientras flotaban en la mañana del valle los tañidos apresurados del último toque de la misa. Aún le restaba casi un kilómetro, y Daniel, el Mochuelo, desesperaba de alcanzar a don José antes de que éste comenzase el Evangelio. De repente, oyó a su lado el claxon del coche negro de la Mica y volvió la cabeza asustado y se topó, de buenas a primeras, con la franca e inesperada sonrisa de la muchacha. Daniel, el Mochuelo, se sintió envarado, preguntándose si la Mica recordaría el frustrado hurto de las manzanas. Pero ella no aludió al enojoso episodio.

—Pequeño — dijo —. ¿Vas a misa?

Se le atarantó la lengua al Mochuelo y no acertó a responder más que con un movimiento de cabeza.

Ella misma abrió la portezuela y le invitó:

—Es tarde y hace calor. ¿Quieres subir?

Cuando reparó en sus movimientos, Daniel, el Mochuelo, ya estaba acomodado junto a la Mica, viendo desfilar aceleramente los árboles tras los cristales del coche. Notaba él la vecindad de la muchacha en el flujo de la sangre, en la tensión incómoda de los nervios. Era todo como un sueño, doloroso y punzante en su misma saciedad. "Dios mío —pensaba el Mochuelo—, esto es más de lo que yo había imaginado", y se puso rígido y como acartonado e insensible cuando ella le acarició con su fina mano el cogote y le preguntó suavemente:

—¿Tú de quién eres?

Tartamudeó el Mochuelo, en un forcejeo desmedido con los nervios:

—De... del quesero.

—¿De Salvador?

Bajó la cabeza, asintiendo. Intuyó que ella sonreía. El fino contacto de su piel en la nuca le hizo sospechar que la Mica tenía también cutis en las palmas de las manos.

Se divisaba ya el campanario de la iglesia entre la fronda.

—¿Querrás subirme un par de quesos de nata luego, a la tarde? —dijo la Mica.

Daniel, el Mochuelo, tornó a asentir mecánicamente con la cabeza, incapaz de articular palabra. Durante la misa no supo de qué lado le daba el aire y por dos veces se santiguó extemporáneamente, mientras Ángel, el cabo de la Guardia civil, se reía convulsivamente a su lado, cubriééndose el rostro con el tricornio, de su desorientación.

Al anochecer se puso el traje nuevo, se peinó con cuidado, se lavó las rodillas y se marchó a casa del Indiano a llevar los quesos. Daniel, el Mochuelo, se maravilló ante el lujo inusitado de la vivienda de la Mica. Todos los muebles brillaban y su superficie era lisa y suave, como si también ellos tuvieran cutis.

Al aparecer la Mica, el Mochuelo perdió el poco aplomo almacenado durante el camino. La Mica, mientras observaba y pagaba los quesos, le hizo muchas preguntas. Desde luego era una muchacha sencilla y simpática y no se acordaba en absoluto del desagradable episodio de las manzanas.

—¿Cómo te llamas? — dijo.

—Da... Daniel.

—¿Vas a la escuela?

—Ssssí.

—¿Tienes amigos?

—Sí.

—¿Cómo se llaman tus amigos?

—El Mo... Moñigo y el Ti... Tiñoso.

Ella hizo un mohín de desagrado.

—¡Uf, qué nombres tan feos! ¿Por qué llamas a tus amigos por unos nombres tan feos? — dijo.

Daniel, el Mochuelo, se azoró. Comprendía ahora que había contestado estúpidamente, sin reflexionar. A ella debió decirle que sus amigos se llamaban Roquito y Germanín. La Mica era una muchacha muy fina y delicada y con aquellos vocablos había herido su sensibilidad. En lo hondo de su ser lamentó su li-

gereza. Fue en ese momento, ante el sonriente y atrac-
tivo rostro de la Mica, cuando se dio cuenta de que
le agradaba la idea de marchar al colegio y progresar. Estudiaría denodadamente y quizá ganase luego
mucho dinero. Entonces la Mica y él estarían ya en
un mismo plano social y podrían casarse y, a lo mejor, la Uca-uca, al saberlo, se tiraría desnuda al río
desde el puente, como la Josefa el día de la boda de
Quino. Era agradable y estimulante pensar en la ciudad y pensar que algún día podría ser él un honorable
caballero y pensar que, con ello, la Mica perdía su
inasequibilidad y se colocaba al alcance de su mano.
Dejaría, entonces, de decir motes y palabras feas y de
agredirse con sus amigos con boñigas resecas y hasta
olería a perfumes caros en lugar de a requesón. La
Mica, en tal caso, cesaría de tratarle como a un rapaz
maleducado y pueblerino.

Cuando abandonó la casa del Indiano era ya de
noche. Daniel, el Mochuelo, pensó que era grato pensar en la oscuridad. Casi se asustó al sentir la presión
de unos dedos en la carne de su brazo. Era la Uca-uca.

—¿Por qué has tardado tanto en dejarle los quesos a la Mica, Mochuelo? — inquirió la niña.

Le dolió que la Uca-uca vulnerase con este despar-
pajo su intimidad, que no le dejase tranquilo ni para
madurar y reflexionar sobre su porvenir.

Adoptó un gracioso aire de superioridad.

—¿Vas a dejarme en paz de una vez, mocosa?

Andaba de prisa y la Mariuca-uca casi corría, a su
lado, bajando la varga.

—¿Por qué te pusiste el traje nuevo para subirle los quesos, Mochuelo? Di — insistió ella.

Él se detuvo en medio de la carretera, exasperado. Dudó, por un momento, si abofetear a la niña.

—A ti no te importa nada de lo mío, ¿entiendes? — dijo, finalmente.

Le tembló la voz a la Uca-uca al indagar:

—¿Es que te gusta más la Mica que yo?

El Mochuelo soltó una carcajada. Se aproximó mucho a la niña para gritarle:

—¡Óyeme! La Mica es la chica más guapa del valle y tiene cutis y tú eres fea como un coco de luz y tienes la cara llena de pecas. ¿No ves la diferencia?

Reanudó la marcha hacia su casa. La Mariuca-uca ya no le seguía. Se había sentado en la cuneta derecha del camino y, ocultando la pecosa carita entre las manos, lloraba con un hipo atroz.

XIV

Podían decir lo que quisieran; eso no se lo impediría nadie. Pero lo que decían de ellos no se ajustaba a la verdad. Ni Roque, el Moñigo, tenía toda la culpa, ni ellos hacían otra cosa que procurar pasar el tiempo de la mejor manera posible. Que a la Guindilla mayor, al quesero, o a don Moisés, el maestro, no les agradase la forma que ellos tenían de pasar el tiempo era una cosa muy distinta. Mas ¿quién puede asegurar que ello no fuese una rareza de la Guindilla, el quesero y el Peón y no una perversidad diabólica por su parte?

La gente en seguida arremete contra los niños, aunque muchas veces el enojo de los hombres proviene de su natural irritable y suspicaz y no de las travesuras de aquéllos. Ahí estaba Paco, el herrero. Él les comprendía porque tenía salud y buen estómago, y si el Peón no hacía lo mismo era por sus ácidos y por su rostro y su hígado retorcidos. Y su mismo padre, el quesero, porque el afán ávido de ahorrar le impedía ver las cosas en el aspecto optimista y risueño que generalmente ofrecen. Y la Guindilla mayor, porque, a fin de cuentas, ella era la dueña del gato y le quería como si fuese una consecuencia irracional de su vientre seco. Mas tampoco ellas eran culpables de que la Guindilla mayor sintiera aquel afecto entrañable y desordenado por el animal, ni de que el gato saltara al escaparate en cuanto el sol, aprovechando cualquier descuido de las nubes, asomaba al valle su rostro congestionado y rubicundo. De esto no tenía la culpa nadie, ésa es la verdad. Pero Daniel, el Mochuelo, intuía que los niños tienen ineluctablemente la culpa de todas aquellas cosas de las que no tiene la culpa nadie.

Lo del gato tampoco fue una hazaña del otro jueves. Si el gato hubiera sido de Antonio, el Buche, o de las mismas Lepóridas, no hubiera ocurrido nada. Pero Lola, la Guindilla mayor, era una escandalosa y su amor por el gato una inclinación evidentemente enfermiza y anormal. Porque, vamos a ver, si la trastada hubiese sido grave o ligeramente pecaminosa, ¿se hubiera reído don José, el cura, con las ganas que se rió cuando se lo contaron? Seguramente, no. Además, ¡qué diablo!, el bicho se lo buscaba por salir al escaparate a tomar el sol. Claro que esta costumbre, por otra parte, representaba para Daniel, el Mochuelo, y sus amigos, una estimable ventaja económica. Si deseaban un real de galletas tostadas, en la tienda de las Guindillas, la mayor decía:

—¿De las de la caja o de las que ha tocado el gato?

—De las que ha tocado el gato — respondían ellos, invariablemente.

Las que "había tocado el gato" eran las muestras del escaparate y, de éstas, la Guindilla mayor daba cuatro por un real, y dos, por el mismo precio, de las

de la caja. A ellos no les importaba mucho que las galletas estuvieran tocadas por el gato. En ocasiones estaban algo más que tocadas por el gato, pero tampoco
en esos casos les importaba demasiado. Siempre, en
cualesquiera condiciones, serían preferibles cuatro galletas que dos.

En lo concerniente a la lupa, fue German, el Tiñoso, quien la llevó a la escuela una mañana de primavera. Su padre la guardaba en el taller para exami-
nar el calzado, pero Andrés, "el hombre que de perfil
no se le ve", apenas la utilizaba porque tenía buena
vista. La hubiera usado si las lupas poseyeran la virtud de levantar un poco las sayas de las mujeres, pero
lo que él decía: "Para ver las pantorrillas más gordas
y accidentadas de lo que realmente son, no vale la pena
emplear artefactos".

Con la lupa de Germán, el Tiñoso, hicieron aquella
mañana toda clase de experiencias. Roque, el Moñigo,
y Daniel, el Mochuelo, encendieron, concentrando con
ella los rayos de sol, dos defectuosos pitillos de follaje
de patata. Después se analizaron minuciosamente las
cicatrices que, agrandadas por el grueso del cristal,
asumían una topografía irregular y monstruosa. Luego, se miraron los ojos, la lengua y las orejas y, por último, se cansaron de la lupa y de las extrañas imágenes
que ella provocaba.

Fue al cruzar el pueblo hacia sus casas, de regreso de la escuela, que vieron el gato de las Guindillas,
enroscado sobre el plato de galletas, en un extremo de
la vitrina. El animal ronroneaba voluptuoso, con su negra y peluda panza expuesta al sol, disfrutando de las

delicias de una cálida temperatura. Al aproximarse ellos, abrió, desconfiado, un redondo y terrible ojo verde, pero al constatar la protección de la luna del escaparate, volvió a cerrarlo y permaneció inmóvil, dulcemente transpuesto.

Nadie es capaz de señalar el lugar del cerebro donde se generan las grandes ideas. Ni Daniel, el Mochuelo, podría decir, sin mentir, en qué recóndito pliegue nació la ocurrencia de interponer la lupa entre el sol y la negra panza del animal. La idea surgió de él espontánea y como naturalmente. Algo así a como fluye el agua de un manantial. Lo cierto es que durante unos segundos los rayos de sol convergieron en el cuerpo del gato formando sobre su negro pelaje un lunar brillante. Los tres amigos observaban expectantes el proceso físico. Vieron cómo los pelos más superficiales chisporroteaban sin que el bicho modificara su postura soñolienta y voluptuosa. El lunar de fuego permanecía inmóvil sobre su oscura panza. De repende brotó de allí una tenue hebra de humo y el gato de las Guindillas dio, simultáneamente, un acrobático salto acompañado de rabiosos maullidos:

—¡¡Marramiauuuu!! ¡¡Miauuuuuuuu!!

Los maullidos agudos y lastimeros se diluían, poco a poco, en el fondo del establecimiento.

Sin acuerdo previo, los tres amigos echaron a correr. Pero la Guindilla fue más rápida que ellos y su rostro descompuesto asomó a la puerta antes de que los tres rapaces se perdieran varga abajo. La Guindilla blandía el puño en el aire y lloraba de rabia e impotencia:

—¡Golfos! ¡Sinvergüenzas! ¡Vosotros teníais que ser! ¡Me habéis abrasado el gato! ¡Pero ya os daré yo! ¡Os vais a acordar de esto!

Y, efectivamente, se acordaron, ya que fue más leonino lo que don Moisés, el Peón, hizo con ellos que lo que ellos habían hecho con el gato. Así y todo, en ellos se detuvo la cadena de escarmientos. Y Daniel, el Mochuelo, se preguntaba: "¿Por qué si quemamos un poco a un gato nos dan a nosotros una docena de regletazos en cada mano, y nos tienen todo un día sosteniendo con el brazo levantado el grueso tomo de la Historia Sagrada, con más de cien grabados a todo color, y al que a nosotros nos somete a esta caprichosa tortura no hay nadie que le imponga una sanción, consecuentemente más dura, y así, de sanción en sanción, no nos plantamos en la pena de muerte?" Pero, no. Aunque el razonamiento no era desatinado, el castigo se acababa en ellos. Éste era el orden pedagógico establecido y había que acatarlo con sumisión. Era la caprichosa, ilógica y desigual justicia de los hombres.

Daniel, el Mochuelo, pensaba, mientras pasaban lentos los minutos y le dolían las rodillas y le temblaba y sentía punzadas nerviosas en el brazo levantado con la Historia Sagrada en la punta, que el único negocio en la vida era dejar cuanto antes de ser niño y transformarse en un hombre. Entonces se podía quemar tranquilamente a un gato con una lupa sin que se conmovieran los cimientos sociales del pueblo y sin que don Moisés, el maestro, abusara impunemente de sus atribuciones.

¿Y lo del túnel? Porque todavía en lo de la lupa

hubo una víctima inocente: el gato; pero en lo del túnel no hubo víctimas y de haberlas habido, hubieran sido ellos y encima vengan regletazos en la palma de la mano y vengan horas de rodillas, con el brazo levantado con la Historia Sagrada sobrepasando siempre el nivel de la cabeza. Esto era inhumano, un evidente abuso de autoridad, ya que, en resumidas cuentas, ¿no hubiera descansado don Moisés, el Peón, si el rápido se los lleva a los tres aquella tarde por delante? Y, si era así, ¿por qué se les castigaba? ¿Tal vez porque el rápido no se les llevó por delante? Aviados estaban entonces; la disyuntiva era ardua: o morir triturados entre los ejes de un tren o tres días de rodillas con la Historia Sagrada y sus más de cien grabados a todo color, izada por encima de la cabeza.

Tampoco Roque, el Moñigo, acertaría a explicarse en qué región de su cerebro se generó la idea estrambótica de esperar al rápido dentro del túnel con los calzones bajados. Otras veces habían aguantado en el túnel el paso del mixto o del tranvía interprovincial. Mas estos trenes discurrían cachazudamente y su paso, en la oscuridad del agujero, apenas si les producía ya emoción alguna. Era preciso renovarse. Y Roque, el Moñigo, les exigió este nuevo experimento: aguardar al rápido dentro del túnel y hacer los tres, simultáneamente, de vientre, al paso del tren.

Daniel, el Mochuelo, antes de aceptar, apuntó algunos sensatos inconvenientes.

—¿Y el que no tenga ganas? — dijo.

El Moñigo arguyó, contundente:

—Las sentirá en cuanto oiga acercarse la máquina.

El detalle que descuidaron fue el depósito de los calzones. De haber atado este cabo, nada se hubiera descubierto. Como no hubiera pasado nada tampoco si el día que el Tiñoso llevó la lupa a la escuela no hubiera habido sol. Pero existen, flotando constantemente en el aire, unos entes diabólicos que gozan enredando los actos inocentes de los niños, complicándoles las situaciones más normales y simples.

¿Quién pensaba, en ese momento, en la suerte de los calzones estando en juego la propia suerte? ¿Se preocupa el torero del capote cuando tiene las astas a dos cuartas de sus ingles? Y aunque al torero le rasgue el toro el capote no le regaña su madre, ni le aguarda un maestro furibundo que le dé dos docenas de regletazos y le ponga de rodillas con la Historia Sagrada levantada por encima de la cabeza. Y, además, al torero le dan bastante dinero. Ellos arriesgaban sin esperar una recompensa ni un aplauso, ni la chimenea ni una rueda del tren tan siquiera. Trataban únicamente de autoconvencerse de su propio valor. ¿Merece esta prueba un suplicio tan refinado?

El rápido entró en el túnel silbando, bufando, echando chiribitas, haciendo trepidar los montes y las piedras. Los tres rapaces estaban pálidos, en cuclillas, con los traseritos desnudos a medio metro de la vía. Daniel, el Mochuelo, sintió que el mundo se dislocaba bajo sus plantas, se desintegraba sin remedio y, mentalmente, se santiguó. La locomotora pasó bufando a su lado y una vaharada cálida de vapor le lamió el trasero. Retemblaron las paredes del túnel, que se llenó de unas resonancias férreas estruendosas. Por encima del fragor del hierro y la velocidad encajonada, llegó a su oído la advertencia del Moñigo, a su lado:

—¡Agarraos a las rodillas!

Y se agarró ávidamente, porque lo ordenaba el jefe y porque la atracción del convoy era punto menos que irresistible. Se agarró a las rodillas, cerró los ojos y contrajo el vientre. Fue feliz al constatar que había cumplido ce por be lo que Roque les había exigido.

Se oyeron las risas sofocadas de los tres amigos al concluir de desfilar el tren. El Tiñoso se irguió y comenzó a toser ahíto de humo. Luego tosió el Mochuelo y, el último, el Moñigo. Jamás el Moñigo rompía a toser el primero, aunque tuviese ganas de hacerlo. Sobre estos extremos existía siempre una competencia inexpresada.

Se reían aún cuando Roque, el Moñigo, dio la voz de alarma.

—No están aquí los pantalones — dijo.

Cedieron las risas instantáneamente.

—Ahí tenían que estar — corroboró el Mochuelo, tanteando en la oscuridad.

El Tiñoso dijo:

—Tened cuidado, no piséis...

El Moñigo se olvidó, por un momento, de los pantalones.

—¿Lo habéis hecho? — inquirió.

Se fundieron en la tenebrosa oscuridad del túnel las afirmaciones satisfechas del Mochuelo y el Tiñoso.

—¡Sí!

—También yo — confesó Roque, el Moñigo; y rió

en torno al comprobar la rara unanimidad de sus vísceras.

Los pantalones seguían sin aparecer. Tanteando llegaron a la boca del túnel. Tenían los traseros salpicados de carbonilla y el temor por haber extraviado los calzones plasmaba en sus rostros una graciosa expresión de estupor. Ninguno se atrevió a reír, sin embargo. El presentimiento de unos padres y un maestro airados e implacables no dejaba mucho lugar al alborozo.

De improviso divisaron, cuatro metros por delante, en medio del senderillo que flanqueaba la vía, un pingajo informe y negruzco. Lo recogió Roque, el Moñigo, y los tres lo examinaron con detenimiento. Sólo Daniel, el Mochuelo, osó, al fin, hablar:

—Es un trozo de mis pantalones — balbuceó con un hilo de voz.

El resto de la ropa fue apareciendo, disgregada en minúsculos fragmentos, a lo largo del sendero. La onda de la velocidad había arrebatado las prendas, que el tren deshizo entre sus hierros como una fiera enfurecida.

De no ser por este inesperado contratiempo nadie se hubiera enterado de la aventura. Pero esos entes siniestros que constantemente flotan en el aire, les enredaron el asunto una vez más. Claro que, ni aun sopesando la diablura en toda su dimensión, se justificaba el castigo que les impuso don Moisés, el maestro. El Peón siempre se excedía, indefectiblemente. Además, el castigar a los alumnos parecía procurarle un indefinible goce o, por lo menos, la comisura derecha de su boca se distendía, en esos casos, hasta casi morder la negra patilla de bandolero.

¿Que habían escandalizado entrando en el pueblo sin calzones? ¡Claro! Pero, ¿qué otra cosa cabía hacer en un caso semejante? ¿Debe extremarse el pudor hasta el punto de no regresar al pueblo por el hecho de haber perdido los calzones? Resultaba tremendo para Daniel, el Mochuelo; Roque, el Moñigo, y Germán, el Tiñoso, tener que decidir siempre entre unas disyuntivas tan penosas. Y era aún más mortificante la exacerbación que producían en don Moisés, el maestro, sus cosas, unas cosas que ni de cerca, ni de lejos, le atañían.

XV

Don Moisés, el maestro, decía a menudo que él necesitaba una mujer más que un cocido. Pero llevaba diez años en el pueblo diciéndolo y aún seguía sin
la mujer que necesitaba. Las Guindillas, las Lepóridas
y don José, el cura, que era un gran santo, reconocían
que el Peón necesitaba una mujer. Sobre todo por dignidad profesional. Un maestro no puede presentarse
en la escuela de cualquier manera; no es lo mismo
que un quesero o un herrero, por ejemplo. El cargo,
exige. Claro que lo primero que exige el cargo es una
remuneración suficiente, y don Moisés, el Peón, carecía de ella. Así es que tampoco tenía nada de particular que don Moisés, el Peón, se embutiese cada día en
el mismo traje con que llegó al pueblo, todo tazado y
remendado, diez años atrás, e incluso que no gastase
ropa interior. La ropa interior costaba un ojo de la cara
y el maestro precisaba los dos ojos de la cara para des-
empeñar su labor.

Camila, la Lepórida, se portó mal con él; eso desde luego; don Moisés, el maestro, anduvo enamorisca-
do de ella una temporada y ella le dio calabazas, porque decía que era rostritorcido y tenía la boca des-

centrada. Esto era una tontería, y Paco, el herrero, llevaba razón al afirmar que eso no constituía inconveniente grave, ya que la Lepórida, si se casaba con él, podría centrarle la boca y enderezarle la cara a fuerza de besos. Pero Camila, la Lepórida, no andaba por la labor y se obstinó en que para besar la boca del maestro habría de besarla en la oreja y esto le resultaba desagradable. Paco, el herrero, no dijo que sí ni que no, pero pensó que siempre sería menos desagradable besar la oreja de un hombre que besar los hocicos de una liebre. Así que la cosa se disolvió en agua de borrajas. Camila, la Lepórida, continuó colgada del teléfono y don Moisés, el maestro, acudiendo diariamente a la escuela sin ropa interior, con la vuelta de los puños tazada y los codos agujereados.

El día que Roque, el Moñigo, expuso a Daniel, el Mochuelo, y Germán, el Tiñoso, sus proyectos fue un día soleado de vacación, en tanto Pascual, el del molino, y Antonio, el Buche, disputaban una partida en el corro de bolos.

—Oye, Mochuelo — dijo de pronto —; ¿por qué no se casa la Sara con el Peón?

Por un momento, Daniel, el Mochuelo, vio los cielos abiertos. ¿Cómo siendo aquello tan sencillo y pertinente no se le ocurrió antes a él?

—¡Claro! — replicó —. ¿Por qué no se casan?

—Digo — agregó a media voz el Moñigo —, que para casarse dos basta con que se entiendan en alguna cosa. La Sara y el Peón se parecen en que ninguno de los dos me puede ver a mí ni en pintura.

A Daniel, el Mochuelo, iba pareciéndole el Moñigo

un ser inteligente. No veía manera de cambiar de exclamación, tan perfecto y sugestivo le parecía todo aquello.

—¡Claro! — dijo.

Prosiguió el Moñigo:

—Figúrate lo que sería vivir yo en mi casa con mi padre, los dos solos, sin la Sara. Y en la escuela, don Moisés siempre me tendría alguna consideración por el hecho de ser hermano de su mujer e incluso a vosotros por ser los mejores amigos del hermano de su mujer. Creo que me explico, ¿no?

De la contumacia del Mochuelo se infería su desbordado entusiasmo.

—¡Claro! — volvió a decir.

—¡Claro! — adujo el Tiñoso, contagiado.

El Moñigo movió la cabeza dubitativamente:

—El caso es que ellos se quieran casar — dijo.

—¿Por qué no van a querer? — afirmó el Mochuelo —. El Peón hace diez años que necesita una mujer y a la Sara no la disgustaría que un hombre le dijese cuatro cosas. Tu hermana no es guapa.

—Es fea como un diablo, ya lo sé; pero también es fea la Lepórida.

—¿Es escrupulosa la Sara? — dijo el Tiñoso.

—Qué va; si le cae una mosca en la leche se ríe y le dice: "Prepárate, que vas de viaje", y se la bebe con la leche como si nada. Luego se ríe otra vez — dijo Roque, el Moñigo.

—¿Entonces? — dijo el Tiñoso.

—La mosca ya no vuelve a darle guerra; es cosa de un momento. Casarse es diferente — dijo el Moñigo.

Los tres permanecieron un rato silenciosos. Al cabo, Daniel, el Mochuelo, dijo:

—¿Por qué no hacemos que se vean?

—¿Cómo? — inquirió el Moñigo.

El Mochuelo se levantó de un salto y se palmeó el polvo de las posaderas:

—Ven, ya verás.

Salieron de la bolera a la carretera. La actitud del Mochuelo revelaba una febril excitación.

—Escribiremos una nota al Peón como si fuera la propia Sara, ¿me entiendes? Tu hermana sale todas las tardes a la puerta de casa para ver pasar la gente. Le diremos que le espera a él y cuando él vaya y la vea creerá que le está esperando de verdad.

Roque, el Moñigo, adoptaba un gesto hosco, enfurruñado, habitual en él cuando algo no le convencía plenamente.

—¿Y si el Peón conoce la letra? — arguyó.

—La desfiguraremos — intervino, entusiasmado, el Tiñoso.

Añadió el Moñigo:

—¿Y si le enseña la carta a la Sara?

Daniel caviló un momento.

—Le diremos que queme la carta antes de ir a verla y que jamás le hable de esa carta si no quiere que se muera de vergüenza y que no le vuelva a mirar a la cara.

—¿Y si no la quema? — argumentó, obstinado, el Moñigo.

—La quemará. El asqueroso Peón tiene miedo de quedarse sin mujer. Ya es un poco viejo y él sabe que tuerce la boca. Y que eso hace feo. Y que a las mujeres no les gusta besar la boca de un hombre en la oreja. Ya se lo dijo la Lepórida bien claro — dijo el Mochuelo.

Roque, el Moñigo, añadió como hablando consigo mismo:

—Él no dirá nada por la cuenta que le tiene; le queda canguelo desde que la Camila le dio calabazas. Tienes razón.

Paulatinamente renacía la confianza en el ancho pecho del Moñigo. Ya se veía sin la Sara, sin la constante amenaza de la regla del Peón sobre su cabeza en la escuela; disfrutando de una independencia que hasta entonces no había conocido.

—¿Cuándo le escribimos la carta, entonces? — dijo.

—Ahora.

Estaban frente a la quesería y entraron en ella. El Mochuelo tomó un lápiz y un papel y escribió con caracteres tipográficos: "Don Moisés, si usted necesita una mujer, yo necesito un hombre. Le espero a las siete en la puerta de mi casa. No me hable jamás de esta carta y quémela. De otro modo me moriría de vergüenza y no volvería a mirarle a usted a la cara. Tropiécese conmigo como por casualidad. Sara."

A la hora de comer, Germán, el Tiñoso, introdujo la carta al maestro por debajo de la puerta de su casa y a las siete menos cuarto de aquella misma tarde entraba con Daniel, el Mochuelo, en casa del Moñigo a esperar los acontecimientos desde el ventanuco del pajar.

El asunto estaba bien planeado y todo, mas a pique estuvo de venirse abajo. La Sara, como de costumbre, tenía encerrado al Moñigo en el pajar cuando ellos llegaron. Y eran las siete menos cuarto. Daniel, el Mochuelo, presumía que, necesitando como necesitaba el Peón una mujer desde hacía diez años, no se retrasaría ni un solo minuto.

La voz de la Sara se desgranaba por el hueco de la escalera. A pesar de haber oído un millón de veces aquella retahíla, Daniel, el Mochuelo, no pudo evitar ahora un estremecimiento:

—Cuando mis ojos vidriados y desencajados por el horror de la inminente muerte fijen en Vos sus miradas lánguidas y moribundas...

El Moñigo debía saber que eran cerca de las siete, porque respondía atropelladamente, sin dar tiempo a la Sara a concluir la frase:

—Jesús misericordioso, tened compasión de mí.

La Sara se detuvo al oír que alguien subía la escalera. Eran el Mochuelo y el Tiñoso.

—Hola, Sara — dijo el Mochuelo, impaciente —. Perdona al Moñigo, no lo volverá a hacer.

—Qué sabes tú lo que ha hecho, zascandil — dijo ella.

—Algo malo será. Tú no le castigas nunca sin un motivo. Tú eres justa.

La Sara sonrió, complacida.

—Aguarda un momento — dijo, y prosiguió rápidamente, ansiando dar cuanto antes cima a su castigo:

—Cuando perdido el uso de los sentidos, el mundo todo desaparezca de mi vista y gima yo entre las angustias de la última agonía y los afanes de la muerte...

—Jesús misericordioso, tened compasión de mí. Sara,
¿has terminado?

Ella cerró el devocionario.

—Sí.

—Ale, abre.

—¿Escarmentaste?

—Sí, Sara; hoy me metiste mucho miedo.

Se levantó la Sara y abrió la puerta del pajar visi-
blemente satisfecha. Comenzó a bajar la escalera con
lentitud. En el primer rellano se volvió.

—Ojo y no hagáis perrerías — dijo, como estreme-
cida por un difuso presentimiento.

El Moñigo, el Mochuelo y el Tiñoso se precipita-
ron hacia el ventanuco del pajar sin cambiar una palabra. El Moñigo retiró las telarañas de un manotazo
y se asomó a la calle. Inquirió angustiado el Mochuelo:

—¿Salió ya?

—Está sacando la silla y la labor. Ya se sienta — su
voz se hizo repentinamente apremiante —. ¡El Peón
viene por la esquina de la calle!

El corazón del Mochuelo se puso a bailar locamente,
más locamente aún que cuando oyó silbar al rápido
a la entrada del túnel y él le esperaba dentro con los
calzones bajados, o cuando su madre preguntó a su
padre, con un extraño retintín, si tenían al Gran Duque como un huésped de lujo. Lo de hoy era aún
mucho más emocionante y trascendental que todo aquello. Puso su cara entre las del Moñigo y el Tiñoso y vio
que don Moisés se detenía frente a la Sara, con el
cuerpo un poco ladeado y las manos en la espalda,
y le guiñaba reiteradamente un ojo y le sonreía hasta

la oreja por el extremo izquierdo de la boca. La Sara
le miraba atónita y, al fin, azorada por tantos guiños
y tantas medias sonrisas, balbuceó:

—Buenas tardes, don Moisés, ¿qué dice de bueno?

Él entonces se sentó en el banco de piedra junto a
ella. Tornó a hacer una serie de muecas veloces con
la boca, con lo que demostraba su contento.

La Sara le observaba asombrada.

—Ya estoy aquí, nena — dijo él —. No he sido mo-
roso, ¿verdad? De lo demás no diré ni una palabra.
No te preocupes.

Don Moisés hablaba muy bien. En el pueblo no
se ponían de acuerdo sobre quién era el que mejor
hablaba de todos, aunque en los candidatos, coinci-
dían: don José, el cura; don Moisés, el maestro, y don
Ramón, el alcalde.

La melosa voz del Peón a su lado y el lenguaje
abstruso que empleaba desconcertaron a la Sara.

—¿Le... le pasa a usted hoy algo, don Moisés?
— dijo.

Él tornó a guiñarle el ojo con un sentido de entendimiento y complicidad y no contestó.

Arriba, en el ventanuco del pajar, el Moñigo susu-
rró en la oreja del Mochuelo:

—Es un cochino charlatán. Está hablando de lo que
no debía.

—¡Chist!

El Peón se inclinó ahora hacia la Sara y la cogió
osadamente una mano.

—Lo que más admiro en las mujeres es la sinceridad, Sara; gracias. Tú y yo no necesitamos de recovecos ni de disimulos — dijo.

Tan roja se le puso la cara a la Sara que su pelo parecía menos rojo. Se acercaba la Chata, con un cántaro de agua al brazo, y la Sara se deshizo de la mano del Peón.

—¡Por Dios, don Moisés! — cuchicheó en un rapto de inconfesada complacencia —. ¡Pueden vernos!

Arriba, en el ventanuco del pajar, Roque, el Moñigo, y Daniel, el Mochuelo, y Germán, el Tiñoso, sonreían bobamente, sin mirarse.

Cuando la Chata dobló la esquina, el Peón volvió a la carga.

—¿Quieres que te ayude a coser esa prenda? — dijo.

Ahora le cogía las dos manos. Forcejearon. La Sara, en un movimiento instintivo, ocultó la prenda tras de sí, atosigada de rubores.

—Las manos quietas, don Moisés — rezongó.

Arriba, en el pajar, el Moñigo rió quedamente:

—Ji, ji, ji. Es una braga — dijo.

El Mochuelo y el Tiñoso rieron también. La confusión y el aparente enojo de la Sara no ocultaban un vehemente regodeo. Entonces el Peón comenzó a decirle sin cesar cosas bonitas de sus ojos y de su boca y de su pelo, sin darle tiempo a respirar, y a la legua se advertía que el corazón virgen de la Sara, huérfana aún de requiebros, se derretía como el hielo bajo el sol. Al concluir la retahíla de piropos, el maestro se quedó mirando de cerca, fijamente, a la Sara.

—¿A ver si has aprendido ya cómo son tus ojos, nena? — dijo.

Ella rió, entontecida.

—¡Qué cosas tiene, don Moisés! — dijo.

Él insistió. Se notaba que la Sara evitaba hablar para no defraudar con sus frases vulgares al Peón, que era uno de los que mejor hablaban en el pueblo. Sin duda la Sara quería recordar algo bonito que hubiese leído, algo elevado y poético, pero lo primero que le vino a las mientes fue lo que más veces había repetido.

—Pues... mis ojos son... son... vidriados y desencajados, don Moisés — dijo, y tornó a reír en corto, crispadamente.

La Sara se quedó tan terne. La Sara no era lista. Entendía que aquellos adjetivos por el mero hecho de venir en el devocionario debían ser más apropiados para aplicarlos a los ángeles que a los hombres y se quedó tan a gusto. Ella interpretó la expresión de asombro que se dibujó en la cara del maestro favorablemente, como un indicio de sorpresa al constatar que ella no era tan zafia y ruda como seguramente había él imaginado. En cambio, el Moñigo, allá arriba, receló algo:

—La Sara ha debido decir una bobada, ¿no?

El Mochuelo aclaró:

—Los ojos vidriados y desencajados son los de los muertos.

El Moñigo sintió deseos de arrojar un ladrillo sobre la cabeza de su hermana. No obstante, el Peón sonrió hasta la oreja derecha después de su pasajero estupor. Debía de necesitar mucho una mujer cuando transigía con aquello sin decir nada. Tornó a requebrar a la Sara con mayor ahínco y al cuarto de hora, ella estaba como abobada, con las mejillas rojas y la mirada perdida en el vacío, igual que una sonámbula. El Peón quiso asegurarse la mujer que necesitaba:

—Te quiero, ¿sabes, Sara? Te querré hasta el fin del mundo. Vendré a verte todos los días a esta misma hora. Y tú, tú, dime — le cogía una mano otra vez, aparentando un efervescente apasionamiento —, ¿me querrás siempre?

La Sara le miró como enajenada. Las palabras le acudían a la boca con una fluidez extraña; era como si ella no fuese ella misma; como si alguien hablase por ella desde dentro de su cuerpo.

—Le querré, don Moisés — dijo —, hasta que, perdido el uso de los sentidos, el mundo todo desaparezca de mi vista y gima yo entre las angustias de la última agonía y los afanes de la muerte.

—¡Así! — dijo el maestro, entusiasmado, y le oprimió las manos y guiñó dos veces los ojos, y otras cuatro se le distendió la boca hasta la oreja y, al fin, se marchó y antes de llegar a la esquina volvió varias veces el rostro y sonrió convulsivamente a la Sara.

Así se hicieron novios la Sara y el Peón. Con Daniel, el Mochuelo, estuvieron un poco desconsiderados, teniendo en cuenta la parte que él había jugado en aquel entendimiento. Habían sido novios año y medio y ahora que él tenía que marchar al colegio a empezar a progresar se les ocurría fijar la boda para el dos de noviembre, el día de las Ánimas Benditas. Andrés, "el hombre que de perfil no se le ve", tampoco aprobó aquella fecha y lo dijo así sin veladuras:

—Los hombres que van buscando la mujer se casan en primavera; los que van buscando la fregona se casan en invierno. No falla nunca.

A la Nochebuena siguiente, la Sara estaba de muy buen humor. Desde que se hiciera novia del Peón se había suavizado su carácter. Hasta tal punto que, desde entonces, sólo dos veces había encerrado al Moñigo en el pajar para leerle las recomendaciones del alma. Ya era ganar algo. Por añadidura, el Moñigo sacaba mejores notas en la escuela y ni una sola vez tuvo que levantar la Historia Sagrada, con sus más de cien grabados a todo color, por encima de la cabeza.

Daniel, el Mochuelo, en cambio, sacó bien poco de todo aquello.

A veces lamentaba haber intervenido en el asunto, pues siempre resultaba más confortador sostener la Historia Sagrada viendo que el Moñigo hacía otro tanto a su lado, que tener que sostenerla sin compañía.

El día de Nochebuena, la Sara andaba de muy buen talante y le preguntó al Moñigo mientras daba vuelta al pollo que se asaba en el horno:

—Dime, Roque, ¿escribiste tú una carta al maestro diciéndole que yo le quería?

—No, Sara — dijo el Moñigo.

—¿De veras? — dijo ella.

—Te lo juro, Sara — añadió.

Ella se llevó un dedo que se había quemado a la boca y cuando lo sacó dijo:

—Ya decía yo. Sería lo único bueno que hubieras hecho en tu vida. Anda. Aparta de ahí, zascandil.

XVI

Don José, el cura, que era un gran santo, utilizaba, desde el púlpito, todo género de recursos persuasivos: crispaba los puños, voceaba, reconvenía, sudaba por la frente y el pescuezo, se mesaba los escasos cabellos blancos, recorría los bancos con su índice acusador e incluso una mañana se rasgó la sotana de arriba abajo en uno de los párrafos más patéticos y violentos que recordaría siempre la historia del valle. Así y todo, la gente, particularmente los hombres, no le hacían demasiado caso. La misa les parecía bien, pero al sermón le ponían mala cara y le fruncían el ceño. La Ley de Dios no ordenaba oír sermón entero todos los domingos y fiestas de guardar. Por lo tanto, don José, el cura, se sobrepasaba en el cumplimiento de la Ley Divina. Decían de él que pretendía ser más papista que el Papa y que eso no estaba bien y menos en un sacerdote; y todavía menos en un sacerdote como don José, tan piadoso y comprensivo, de ordinario, para las flaquezas de los hombres.

Eran un poco torvos y adustos y desagradecidos los hombres del valle. No obstante, un franco espíritu deportivo les infundía un notorio aliento humano. Los detractores de don José, el cura, como orador, decían que no se podía estimar que hablase bien un hombre que a cada dos por tres decía "en realidad". Esto era cierto. Claro que puede hablarse bien diciendo "en realidad" a cada dos por tres. Ambas cosas, a juicio de Daniel, el Mochuelo, resultaban perfectamente compatibles. Mas algunos no lo entendían así y si asistían a un sermón de don José era para jugarse el dinero a pares o nones, sobre las veces que el cura decía, desde el púlpito, "en realidad". La Guindilla mayor aseguraba que don José decía "en realidad" adrede y que ya sabía que los hombres tenían por costumbre jugarse el dinero durante los sermones a pares o nones, pero que lo prefería así, pues siquiera de esta manera le escuchaban y entre "en realidad" y "en realidad" algo de fundamento les quedaría. De otra forma se exponía a que los hombres pensaran en la hierba, la lluvia, el maíz o las vacas, mientras él hablaba, y esto ya sería un mal irremediable.

La gente del valle era obstinadamente individualista. Don Ramón, el alcalde, no mentía cuando afirmaba que cada individuo del pueblo preferiría morirse antes que mover un dedo en beneficio de los demás. La gente vivía aislada y sólo se preocupaba de sí misma. Y a decir verdad, el individualismo feroz del valle sólo se quebraba las tardes de los domingos, al caer el sol. Entonces los jóvenes se emparejaban y escapaban a los prados o a los bosques y los viejos se metían en las tascas a fumar y a beber. Esto era lo malo. Que la gente sólo perdiese su individualismo para satisfacer sus instintos más bajos.

Don José, el cura, que era un gran santo, arremetió una mañana contra las parejas que se marchaban a los prados o a los bosques los domingos, al anochecer; contra las que se apretujaban en el baile cerrado; contra los que se emborrachaban y se jugaban hasta los pelos en la taberna del Chano y, en fin, contra los que durante los días festivos segaban el heno o cavaban las patatas o cuchaban los maizales. Fue aquél el día en que don José, el cura, en un arrebato, se rasgó la sotana de arriba abajo. En definitiva, el cura no dejó títere con cabeza, ya que en el valle podían contarse con los dedos de la mano los que dejaban transcurrir una festividad sin escapar a los prados o a los bosques, apretujarse en el baile cerrado, emborracharse y jugar en la tasca del Chano o segar el heno, cuchar los maizales o cavar las patatas. El señor cura afirmó que, "en realidad, el día del Juicio Final habría muy poca gente del pueblo a la derecha de Nuestro Señor, si las actuales costumbres no se enmendaban radicalmente".

Una comisión, presidida por la Guindilla mayor, visitó. al cura en la sacristía al concluir la misa.

—Díganos, señor cura, ¿está en nuestras manos cambiar estas costumbres tan corrompidas? — dijo la Guindilla.

El anciano párroco carraspeó, sorprendido. No esperaba una reacción tan rápida. Escrutó, uno tras otro, aquellos rostros predilectos del Señor y volvió a carraspear. Ganaba tiempo.

—Hijas mías — dijo, al fin —, está en vuestras manos, si estáis bien dispuestas.

En el atrio, Antonio, el Buche, abonaba dos pesetas a Andrés, el zapatero, porque don José había dicho "en realidad" cuarenta y dos veces y él había jugado a nones.

En la sacristía, don José, el cura, agregó:

—Podemos organizar un centro donde la juventud se distraiga sin ofender al Señor. Con buena voluntad eso no sería difícil. Un gran salón con toda clase de entretenimientos. A las seis podríamos hacer cine los domingos y días festivos. Claro que proyectando solamente películas morales, católicas a machamartillo.

La Guindilla mayor hizo palmitas.

—El local podría ser la cuadra de Pancho. No tiene ganado ya y quiere venderla. Podríamos tomarla en arriendo, don José — dijo con entusiasmo.

Catalina, la Lepórida, intervino:

—El Sindiós no cederá la cuadra, señor cura. Es un tunante sin fe. Antes morirá que dejarnos la cuadra para un fin tan santo.

Daniel, el Mochuelo, que había ayudado a misa, escuchaba boquiabierto la conversación de don José con las mujeres. Pensó marcharse, pero la idea de que en el pueblo iba a montarse un cine lo contuvo.

Don José, el cura, apaciguó a Catalina, la Lepórida:

—No formes juicios temerarios, hija. Pancho, en el fondo, no es malo.

La Guindilla mayor saltó, como si la pinchasen:

—Padre, ¿es que se puede ser bueno sin creer en Dios? — dijo.

Camila, la otra Lepórida, infló su exuberante pechuga y cortó:

—Pancho por ganar una peseta sería capaz de vender el alma al diablo. Lo sé porque lo sé.

Intervino, toda excitada, Rita, la Tonta, la mujer del zapatero:

—El alma se la ha regalado ya ese tunante. El diablo no necesita darle ni dos reales por ella. Eso lo sabemos todos.

Don José, el cura, impuso, finalmente, su autoridad. Nombró una comisión, presidida por la Guindilla, que llevaría a cabo las gestiones con Pancho, el Sindiós, y se desplazaría a la ciudad para adquirir un proyector cinematográfico. A todos les pareció de perlas la decisión. Al terminar su perorata, don José anunció que las próximas colectas durante dos meses tendrían por finalidad adquirir una sotana nueva para el párroco. Todos elogiaron la idea y la Guindilla, creyéndose obligada, inició la suscripción con un duro.

Tres meses después, la cuadra de Pancho, el Sindiós, bien blanqueada y desinsectada, se inauguró como cine en el valle. La primera sesión fue un gran éxito. Apenas quedó en los montes o en los bosques alguna pareja recalcitrante. Mas a las dos semanas surgió el problema. No había disponibles más películas "católicas a machamartillo". Se abrió un poco la mano y hubo necesidad de proyectar alguna que otra frivolidad. Don José, el cura, tranquilizaba su conciencia, asiéndose, como un náufrago a una tabla, a la teoría del mal menor.

—Siempre estarán mejor recogidos aquí que sobándose en los prados — decía.

Transcurrió otro mes y la frivolidad de las películas que enviaban de la ciudad iba en aumento. Por otro lado, las parejas que antes marchaban a los prados o a los bosques al anochecer aprovechaban la penumbra de la sala para arrullarse descomedidamente.

Una tarde se dio la luz en plena proyección y Pascualón, el del molino, fue sorprendido con la novia sentada en las rodillas. La cosa iba mal, y a finales de octubre, don José, el cura, que era un gran santo, convocó en su casa a la comisión.

—Hay que tomar medidas urgentes. En realidad ni las películas son ya morales, ni los espectadores guardan en la sala la debida compostura. Hemos caído en aquello contra lo que luchábamos — dijo.

—Pongamos luz en la sala y censuremos duramente las películas — arguyó la Guindilla mayor.

A la vuelta de muchas discusiones se aprobó la sugerencia de la Guindilla. La comisión de censura quedó integrada por don José, el cura, la Guindilla mayor y Trino, el sacristán. Los tres se reunían los sábados en la cuadra de Pancho y pasaban la película que se proyectaría al día siguiente.

Una tarde detuvieron la prueba en una escena dudosa.

—A mi entender esa marrana enseña demasiado las piernas, don José — dijo la Guindilla.

—Eso me estaba pareciendo a mí — dijo don José. Y volviendo el rostro hacia Trino, el sacristán, que miraba la imagen de la mujer sin pestañear y boquiabierto, le conminó —: Trino, o dejas de mirar así o te excluyo de la comisión de censura.

Trino era un pobre hombre de escaso criterio y

ninguna voluntad. Poseía una mirada blanda y acuosa y carecía de barbilla. Todo ello daba a su rostro una torpe y bobalicona expresión. Cuando andaba se acentuaba su torpeza, como si le costase un esfuerzo desplazar a cada paso el volumen de aire que necesitaba su cuerpo. Una completa calamidad. Claro que hasta el más simple sirve para algo y Trino, el sacristán, era casi un virtuoso tocando el armonio.

Ante la reprimenda del párroco, Trino humilló los ojos y sonrió bobamente, contristado. Al cura le asistía la razón, pero, ¡caramba!, aquella mujer de la película tenía unas pantorrillas admirables, como no se veían frecuentemente por el mundo.

Don José, el cura, veía que cada día crecían las dificultades. Resultaba peliagudo luchar contra las apetencias instintivas de todo el valle. Trino mismo, a pesar de ser censor y sacristán, pecaba de deseo y pensamiento con aquellas mujeronas que mostraban con la mayor desvergüenza las piernas en la pantalla. Era una tarea ímproba y él se encontraba ya muy viejo y cansado.

El pueblo acogió con destemplanza las bombillas distribuidas por la sala y encendidas durante la proyección. El primer día las silbaron; el segundo las rompieron a patatazos. La comisión se reunió de nuevo. Las bombillas debían de ser rojas para no perturbar la visibilidad. Mas entonces la gente la tomó con los cortes. Fue Pascualón, el del molino, quien inició el plante.

—Mire, doña Lola, para mí si me quitan las piernas y los besos se acabó el cine — dijo.

Otros mozos le secundaron:

—O dan las películas sin cortar o volvemos a los bosques.

Otra vez se reunió la comisión. Don José, el cura, estaba excitadísimo:

—Se acabó el cine y se acabó todo. Propongo a la comisión que ofrezca el aparato de cine a los Ayuntamientos de los alrededores.

La Guindilla chilló:

—Venderemos una ocasión próxima de pecado, don José.

El párroco inclinó la cabeza abatido. La Guindilla tenía razón, le sobraba razón esta vez. Vender la máquina de cine era comerciar con el pecado.

—Lo quemaremos, entonces — dijo, sombrío.

Y al día siguiente, reunidos en el corral del párroco los elementos de la comisión, se quemó el aparato proyector. Junto a sus cenizas, la Guindilla mayor, en plena fiebre inquisidora, proclamó su fidelidad a la moral y su decisión inquebrantable de no descansar hasta que ella reinase sobre el valle.

—Don José — le dijo al cura, al despedirse —, seguiré luchando contra la inmoralidad. No lo dude. Yo sé el modo de hacerlo.

Y al domingo siguiente, al anochecer, tomó una linterna y salió sola a recorrer los prados y los montes. Tras los zarzales y en los lugares más recónditos y espesos encontraba alguna pareja de tórtolos arrullándose. Proyectaba sobre los rostros confundidos el haz luminoso de la linterna.

—Pascualón, Elena, estáis en pecado mortal — decía tan sólo. Y se retiraba.

Así recorrió los alrededores sin fatigarse, repitiendo incansablemente su terrible admonición:

—Fulano, Fulana, estáis en pecado mortal.

"Ya que los mozos y mozas del pueblo tienen la conciencia acorchada, yo sustituiré a la voz de su conciencia", se decía. Era una tarea ardua la que echaba sobre sí, pero al propio tiempo no estaba exenta de atractivos.

Los mozos del pueblo soportaron el entrometimiento de la Guindilla en sus devaneos durante tres domingos consecutivos. Pero al cuarto llegó la insurrección. Entre todos la rodearon en un prado. Unos querían pegarle, otros desnudarla y dejarla al relente, amarrada a un árbol, toda la noche. Al fin se impuso un tercer grupo, que sugirió echarla de cabeza a El Chorro. La Guindilla, abatida, dejó caer la linterna al suelo y se dispuso a entrar en las largas listas del martirologio cristiano; aunque, de vez en cuando, lloriqueaba, y pedía, entre hipo e hipo, un poquitín de clemencia.

Profiriendo gritos e insultos, la condujeron hasta el puente. La corriente de El Chorro vertía el agua con violencia en la Poza del Inglés. Flotaba, sobre la noche del valle, un ambiente tétrico y siniestro. La multitud parecía enloquecida. Todo estaba dispuesto para su fin y la Guindilla, mentalmente, rezó un acto de contrición.

Y, a fin de cuentas, si la Guindilla no compartió aquella noche el lecho del río, a Quino, el Manco, había de agradecérselo, aunque él y la difunta Mariuca hubieran comido, según ella, el cocido antes de las doce. Mas, por lo visto, el Manco aún conservaba en su pecho un asomo de dignidad, un vivo rescoldo de nobleza. Se interpuso con ardor entre la Guindilla y los mozos y la defendió como un hombre. Hasta se enfureció y agitó el muñón en el aire como si fuera el mástil de una bandera arriada. Los mozos, cuyos malos humos se habían desvanecido en el trayecto, consideraron suficiente el susto y se retiraron.

La Guindilla se quedó sola, frente por frente del Manco. No sabía qué hacer. La situación resultaba para ella un poco embarazosa. Soltó una risita de compromiso y luego se puso a mirarse la punta de los pies. Volvió a reír y dijo "bueno", y, al fin, sin darse bien cuenta de lo que hacía, se inclinó y besó con fuerza el muñón de Quino. Inmediatamente echó a correr, asustada, carretera adelante, como una loca.

Al día siguiente, antes de la misa, la Guindilla mayor se acercó al confesonario de don José.

—Ave María Purísima, padre — dijo.

—Sin pecado concebida, hija.

—Padre, me acuso... me acuso de haber besado a un hombre en la oscuridad de la noche — añadió la Guindilla.

Don José, el cura, se santiguó y alzó los ojos al techo del confesonario, resignado.

—Alabado sea el Señor — musitó. Y sintió una pena inmensa por aquel pueblo.

XVII

DANIEL, el Mochuelo, le perdonaba todo a la Guindilla menos el asunto del coro; la despiadada forma en que le puso en evidencia ante los ojos del pueblo entero y el convencimiento de ella de su falta de definición sexual.

Esto no podría perdonárselo por mil años que viviera. El asunto del coro era un baldón; el mayor oprobio que puede soportar un hombre. La infamia exigía contramedidas con las que demostrar su indiscutible virilidad.

En la iglesia ya le esperaban todos los chicos y chicas de las escuelas, y Trino, el sacristán, que arrancaba agrias y gemebundas notas del armonio cuando llegaron. Y la asquerosa Guindilla también estaba allí, con una varita en la mano, erigida, espontáneamente, en directora.

Al entrar ellos, les ordenó a todos por estatura; después levantó la varita por encima de la cabeza y dijo:

—Veamos. Quiero ensayar con vosotros el "Pastora Divina" para cantarlo el día de la Virgen. Veamos — repitió.

Hizo una señal a Trino y luego bajó la varita y los niños y niñas cantaron cada uno por su lado:

Pas-to-ra Di-vi-naaa
Seee-guir-te yo quie-rooo...

Cuando ya empezaban a sintonizar las cuarenta y dos voces, la Guindilla mayor puso un cómico gesto de desolación y dijo:

—¡Basta, basta! No es eso. No es "Pas", es "Paaas". Así:

"Paaas-to-ra Di-vi-na; Seee-guir-te yo quierooo; poor va-lles y o-te-roos; Tuuus hue-llas en pooos." Veamos — repitió.

Dio con la varita en la cubierta del armonio y de nuevo se atrajo la atención de todos. Los muros del templo se estremecieron bajo los agudos acentos infantiles. Al poco rato, la Guindilla puso un acusado gesto de asco. Luego señaló al Moñigo con la varita.

—Tú puedes marcharte, Roque; no te necesito. ¿Cuándo cambiaste la voz?

Roque, el Moñigo, humilló la mirada:

—¡Qué sé yo! Dice mi padre que ya de recién nacido berreaba con voz de hombre.

Aunque cabizbajo, el Moñigo decía aquello con orgullo, persuadido de que un hombre bien hombre debe definirse desde el nacimiento. Los primeros de la escuela acusaron su manifestación con unas risitas de superioridad. En cambio, las niñas miraron al Moñigo con encendida admiración.

Al concluir otra prueba, doña Lola prescindió de otros dos chicos porque desafinaban. Una hora después, Germán, el Tiñoso, fue excluido también del coro porque tenía una voz en transición, y la Guindilla "quería formar un coro sólo de tiples". Daniel, el Mochuelo, pensó que ya no pintaba allí nada y deseó ardientemente ser excluido. No le gustaba, además, tener voz de tiple. Pero el ensayo del primer día terminó sin que la Guindilla estimara necesario prescindir de él.

Volvieron al día siguiente y la Guindilla siguió sin excluirle. Aquello se ponía feo. Permanecer en el coro suponía, a estas alturas, una deshonra. Era casi como dudar de la hombría de uno, y Daniel, el Mochuelo, estimaba demasiado la hombría para desentenderse de aquella selección. Mas a pesar de sus deseos y a pesar de no quedar ya más que seis varones en el coro, Daniel, el Mochuelo, continuó formando parte de él. Aquello era el desastre. Al cuarto día la Guindilla mayor, muy satisfecha, declaró:

—Ha terminado la selección. Quedáis sólo las voces puras. — Eran quince niñas y seis niños. — Espero — se dirigía ahora a los seis niños — que a ninguno de vosotros se le vaya a ocurrir cambiar la voz de aquí al día de la Virgen.

Sonrieron los niños y las niñas, tomando a orgullo aquello de tener "las voces puras". Sólo se desesperó, por lo bajo, inútilmente, Daniel, el Mochuelo. Pero ya la Guindilla estaba golpeando la cubierta del armonio para llamar la atención de Trino, el sacristán, y las veintiuna voces puras difundían por el ámbito del templo las plegarias a la Virgen:

Paaas-to-ra Di-vi-naaa
Seee-guir-te yo quie-rooo
Pooor va-lles y o-te-rooos
Tuuus hue-llas en pooos.

Daniel, el Mochuelo, intuía lo que aquella tarde
ocurrió a la salida. Los chicos descartados, capitanea-
dos por el Moñigo, les esperaban en el atrio y al verles salir, formaron corro alrededor de los seis "voces
puras" y comenzaron a chillar de un modo reiterativo
y enojoso:

—¡Niñas, maricas! ¡Niñas, maricas! ¡Niñas, maricas!

De nada valió la intercesión de la Guindilla ni los
débiles esfuerzos de Trino, el sacristán, que era ya viejo y estaba como envarado. Tampoco valieron de nada
las miradas suplicantes que Daniel, el Mochuelo, dirigía a su amigo Roque. En este trance, el Moñigo olvidaba hasta las más elementales normas de la buena
amistad. En el fondo del grupo agresor borboteaba
un despecho irreprimible por haber sido excluidos del
coro que cantaría el día de la Virgen. Pero esto no
importaba nada ahora. Lo importante era que la virilidad de Daniel, el Mochuelo, estaba en entredicho y
que había que sacarla con bien de aquel embrollo.

Aquella noche al acostarse tuvo una idea. ¿Por qué
no ahuecaba la voz al cantar el "Pastora Divina"? De
esta manera la Guindilla le excluiría como a Roque,
el Moñigo, y como a Germán, el Tiñoso. Bien pensado
era la exclusión de éste lo que más le molestaba. Después de todo, Roque, el Moñigo, siempre había es-

EL CAMINO 175

tado por encima de él. Pero lo de Germán era distinto.
¿Cómo iba a conservar, en adelante, su rango y su jerarquía ante un chico que tenía la voz más fuerte
que él? Decididamente había que ahuecar la voz y
ser excluido del coro antes del día de la Virgen.

Al día siguiente, al comenzar el ensayo, Daniel, el
Mochuelo, carraspeó, buscando un efecto falso a su
voz. La Guindilla tocó el armonio con la punta de la
varita y el cántico se inició:

            Paaas-to-ra Di-vi-naaa
            Seee-guir-te yo quie-rooo...

La Guindilla se detuvo en seco. Arrugaba la nariz, larguísima, como si la molestase un mal olor. Luego frunció el ceño igual que si algo no respondiera a
lo que ella esperaba y se sintiera incapaz de localizar
la razón de la deficiencia. Pero al segundo intento apuntó con la varita al Mochuelo, y dijo, molesta:

—Daniel, ¡caramba!, deja de engolar la voz o te
doy un sopapo.

Había sido descubierto. Se puso encarnado al solo
pensamiento de que los demás pudieran creer que pretendía ser hombre mediante un artificio. Él, para ser
hombre, no necesitaba de fingimientos. Lo demostraría
en la primera oportunidad.

A la salida, Roque, el Moñigo, capitaneando el grupo de "voces impuras", les rodeó de nuevo con su
maldito estribillo:

—¡Niñas, maricas! ¡Niñas, maricas! ¡Niñas, maricas!

Daniel, el Mochuelo, experimentaba deseos de llorar. Se contuvo, sin embargo, porque sabía que su va-

cilante virilidad acabaría derrumbándose con el llanto ante el grupo de energúmenos, de "las voces impuras".

Así llegó el día de la Virgen. Al despertarse aquel día, Daniel, el Mochuelo, pensó que no era tan descorazonador tener la voz aguda a los diez años y que tiempo sobrado tendría de cambiarla. No había razón por la que sentirse triste y humillado. El sol entraba por la ventana de su cuarto y a lo lejos el Pico Rando parecía más alto y majestuoso que de ordinario. A sus oídos llegaba el estampido ininterrumpido de los cohetes y las notas desafinadas de la charanga bajando la varga. A lo lejos, a intervalos, se percibía el tañido de la campana, donada por don Antonino, el marqués, convocando a misa mayor. A los pies de la cama tenía su traje nuevo, recién planchado, y una camisa blanca, escrupulosamente lavada, que todavía olía a añil y a jabón. No. La vida no era triste. Ahora, acodado en la ventana, podía comprobarlo. No era triste, aunque media hora después tuviera que cantar el "Pastora Divina" desde el coro de las "voces puras". No lo era, por más que a la salida "las voces impuras" les llamasen niñas y maricas.

Un polvillo dorado, de plenitud vegetal, envolvía el valle, sus dilatadas y vastas formas. Olía al frescor de los prados, aunque se adivinaba en el reposo absoluto del aire un día caluroso. Debajo de la ventana, en el manzano más próximo del huerto, un mirlo hacía gorgoritos y saltaba de rama en rama. Ahora pasaba la charanga por la carretera, hacia El Chorro y la casa de Quino, el Manco, y un grupo de chiqui-

llos la seguía profiriendo gritos y dando volteretas.
Daniel, el Mochuelo, se escondió disimuladamente, porque casi todos los chiquillos que acompañaban a la
charanga pertenecían al grupo de "voces impuras".

En seguida se avió y marchó a misa. Los cirios
chisporroteaban en el altar y las mujeres lucían deto-
nantes vestidos. Daniel, el Mochuelo, subió al coro y
desde allí miró fijamente a los ojos de la Virgen. Decía don José que, a veces, la imagen miraba a los niños que eran buenos. Podría ser debido a las llamas
tembloteantes de las velas, pero a Daniel, el Mochuelo, le pareció que la Virgen aquella mañana volvía los
ojos a él y le miraba. Y su boca sonreía. Sintió un
escalofrío y entonces le dijo, sin mover los labios, que
le ofrecía el "Pastora Divina" para que las "voces impuras" no se rieran de él ni le motejaran.

Después del Evangelio, don José, el cura, que era
un gran santo, subió al púlpito y empezó el sermón.
Se oyó un carraspeo prolongado en los bancos de los
hombres e instintivamente Daniel, el Mochuelo, comenzó a contar las veces que don José, el cura, decía
"en realidad". Aunque él no jugaba a pares o nones.
Pero don José decía aquella mañana cosas tan bonitas,
que el Mochuelo perdió la cuenta.

—Hijos, en realidad, todos tenemos un camino
marcado en la vida. Debemos seguir siempre nuestro
camino, sin renegar de él — decía don José —. Algunos pensaréis que eso es bien fácil, pero, en realidad,
no es así. A veces el camino que nos señala el Señor
es áspero y duro. En realidad eso no quiere decir que

ése no sea nuestro camino. Dios dijo: "Tomad la cruz
y seguidme."

"Una cosa os puedo asegurar — continuó —. El camino del Señor no está en esconderse en la espesura
al anochecer los jóvenes y las jóvenes. En realidad,
tampoco está en la taberna, donde otros van a buscar-
lo los sábados y los domingos; ni siquiera está en cavar las patatas o afeitar los maizales durante los días
festivos. Dios mismo, en realidad, creó el mundo en
seis días y al séptimo descansó. Y era Dios. Y como
Dios que era, en realidad, no estaba cansado. Y, sin
embargo, descansó. Descansó para enseñarnos a los
hombres que el domingo había que descansar.

Don José, el cura, hablaba aquel día, sin duda,
inspirado por la Virgen, y hablaba suavemente, sin
estridencias. Prosiguió diciendo cosas del camino de
cada uno, y luego pasó a considerar la infelicidad que
en ocasiones traía el apartarse del camino marcado
por el Señor por ambición o sensualidad. Dijo cosas
inextricables y confusas para Daniel. Algo así como
que un mendigo podía ser más feliz sin saber cada día
si tendría algo que llevarse a la boca, que un rico en
un suntuoso palacio lleno de mármoles y criados. "Algunos — dijo — por ambición, pierden la parte de felicidad que Dios les tenía asignada en un camino más
sencillo. La felicidad — concluyó — no está, en realidad, en lo más alto, en lo más grande, en lo más
apetitoso, en lo más excelso; está en acomodar nuestros pasos al camino que el Señor nos ha señalado
en la Tierra. Aunque sea humilde."

Acabó don José y Daniel, el Mochuelo, persiguió

con los ojos su menuda silueta hasta el altar. Quería
llenarse los ojos de él, de su presencia carnal, pues estaba seguro que un día no lejano ocuparía una hornacina en la parroquia. Pero no sería él mismo, entonces,
sino una talla en madera o una figura en escayola detes-
tablemente pintada.

Casi le sorprendió el ruido del armonio, activado
por Trino, el sacristán. La Guindilla estaba ante ellos,
con la varita en la mano. Los "voces puras" carraspea-
ron un momento. La Guindilla golpeó el armonio con
la varita y Trino acometió los compases prelimina-
res del "Pastora Divina". Luego sonaron las voces puras, acompasadas, meticulosamente controladas por la
varita de la Guindilla:

> Paaas-to-ra Di-vi-naaa
> Seee-guir-te yo quie-rooo
> Pooor va-lles y o-te-rooos
> Tuuus hue-llas en pooos.

> Tuuu grey des-va-li-da
> Gi-mien-do te im-plo-ra
> Es-cu-cha, Se-ño-ra,
> Su ar-dien-te cla-mor.

> Paaas-to-ra Di-vi-naaa
> Seee-guir-te yo quie-rooo
> Pooor va-lles y o-te-rooos
> Tuuus hue-llas en pooos.

Cuando terminó la misa, la Guindilla les felicitó

y les obsequió con un chupete a cada uno. Daniel, el Mochuelo, lo guardó en el bolsillo subrepticiamente, como una vergüenza.

Ya en el atrio, dos envidiosos le dijeron al pasar "niña, marica", pero Daniel, el Mochuelo, no les hizo ningún caso. Ciertamente, sin el Moñigo guardándole las espaldas, se sentía blando y como indefenso. A la puerta de la iglesia la gente hablaba del sermón de don José. Un poco apartada, a la izquierda, Daniel, el Mochuelo, divisó a la Mica. Le sonrió ella.

—Habéis cantado muy bien, muy bien — dijo, y le besó en la frente.

Los diez años del Mochuelo se pusieron ansiosamente de puntillas. Pero fue en vano. Ella ya le había besado. Ahora la Mica volvía a sonreír, pero no era a él. Se acercaba a ella un hombre joven, delgado y vestido de luto. Ambos se cogieron de las manos y se miraron de un modo que no le gustó al Mochuelo.

—¿Qué te ha parecido? — dijo ella.

—Encantador; todo encantador — dijo él.

Y entonces, Daniel, el Mochuelo, acongojado por no sabía qué extraño presentimiento, se apartó de ellos y vio que toda la gente se daba codazos y golpecitos y miraban de un lado a otro de reojo y se decían con voz queda: "Mira, es el novio de la Mica." "Mira, es el novio de la Mica." "¡Caramba! Ha venido el novio de la Mica." "Es guapo el novio de la Mica." "No está mal el novio de la Mica." Y ninguno quitaba el ojo del hombre joven delgado y vestido de luto, que tenía entre las suyas las manos de la Mica.

Comprendió entonces Daniel, el Mochuelo, que sí

había motivos suficientes para sentirse atribulado aquel día, aunque el sol brillase en un cielo esplendente y cantasen los pájaros en la maleza, y agujereasen la atmósfera con sus melancólicas campanadas los cencerros de las vacas y la Virgen le hubiera mirado y sonreído. Había motivos para estar triste y para desesperarse y para desear morir y algo notaba él que se desgajaba amenazadoramente en su interior.

Por la tarde, bajó a la romería. Roque, el Moñigo, y Germán, el Tiñoso, le acompañaban. Daniel, el Mochuelo, seguía triste y deprimido; sentía la necesidad de un desahogo. En el prado olía a churros y a aglomeración humana; a alegría congestiva y vital. En el centro estaba la cucaña, diez metros más alta que otros años. Se detuvieron ante ella y contemplaron los intentos fallidos de dos mozos que no pasaron de los primeros metros. Un hombre borracho señalaba con un dedo la punta de la cucaña y decía:

—Hay allí cinco duros. El que suba y los baje que me convide.

Y se reía con un cloqueo contagioso. Daniel, el Mochuelo, miró a Roque, el Moñigo.

—Voy a subir yo — dijo.

Roque le acució:

—No eres hombre.

Germán, el Tiñoso, se mostraba extrañamente precavido:

—No lo hagas. Te puedes matar.

Le empujó su desesperación, un vago afán de emular al joven enlutado, a los niños del grupo de "los voces impuras". Saltó sobre el palo y ascendió, sin esfuerzo, los primeros metros. Daniel, el Mochuelo, tenía como un fuego muy vivo en la cabeza, una mezcla rara de orgullo herido, vanidad despierta y desesperación. "Adelante — se decía —. Nadie será capaz de hacer lo que tú hagas." "Nadie será capaz de hacer lo que tú hagas." Y seguía ascendiendo, aunque los muslos le escocían ya. "Subo porque no me importa caerme." "Subo porque no me importa caerme", se repetía, y al llegar a la mitad miró hacia abajo y vio que toda la gente del prado pendía de sus movimientos y experimentó vértigo y se agarró afanosamente al palo. No obstante, siguió trepando. Los músculos comenzaban a resentirse del esfuerzo, pero él continuaba subiendo. Era ya como una cucarachita a los ojos de los de abajo. El palo empezó a oscilar como un árbol mecido por el viento. Pero no sentía miedo. Le gustaba estar más cerca del cielo, poder tratar de tú al Pico Rando. Se le enervaban los brazos y las piernas. Oyó un grito a sus pies y volvió a mirar abajo.

—¡Daniel, hijo!

Era su madre, implorándole. A su lado estaba la Mica, angustiada. Y Roque, el Moñigo, disminuido, y Germán, el Tiñoso, sobre quien acababa de recobrar la jerarquía, y el grupo de "los voces puras" y el grupo de "los voces impuras", y la Guindilla mayor y don José, el cura, y Paco, el herrero, y don Antonino, el marqués, y también estaba el pueblo, cuyos tejados de pizarra ofrecían su mate superficie al sol. Se sentía como embriagado; acuciado por una ambición insaciable de dominio y potestad. Siguió trepando sordo a las reconvenciones de abajo. La cucaña era allí más delgada y se tambaleaba con su peso como un hombre ebrio. Se abrazó al palo frenéticamente, sintiendo que iba a ser impulsado contra los montes como el proyectil de una catapulta. Ascendió más. Casi tocaba ya los cinco duros donados por "los Ecos del Indiano". Pero los muslos le escocían, se le despellejaban, y los brazos apenas tenían fuerzas. "Mira, ha venido el novio de la Mica", "Mira, ha venido el novio de la Mica", se dijo, con rabia mentalmente, y trepó unos centímetros más. ¡Le faltaba tan poco! Abajo reinaba un silencio expectante. "Niña, marica; niña, marica", murmuró, y ascendió un poco más. Ya se hallaba en la punta. La oscilación de la cucaña aumentaba allí. No se atrevía a soltar la mano para asir el galardón. Entonces acercó la boca y mordió el sobre furiosamente. No se oyó abajo ni un aplauso, ni una voz. Gravitaba sobre el pueblo el presagio de una desgracia. Daniel, el Mochuelo, empezó a descender. A mitad del palo se sintió exhausto, y entonces dejó de hacer presión con las extremidades y resbaló rápidamente sobre el palo encerado, y sintió abrasársele las piernas y que la sangre saltaba de los muslos en carne viva.

De improviso se vio en tierra firme, rodeado de un clamor estruendoso, palmetazos que le herían la espalda y cachetes y besos y lágrimas de su madre, todo mezclado. Vio al hombre enlutado que llevaba del brazo a la Mica y que le decía, sonriente: "Bravo, muchacho". Vio al grupo de los "voces impuras" alejarse cabizbajos. Vio a su padre, haciendo aspavientos y reconviniéndole y soltando chorros de palabras absurdas que no entendía. Vio, al fin, a la Uca-uca correr hacia él, abrazársele a las piernas magulladas y prorrumpir en un torrente de lágrimas incontenibles...

Luego, de regreso a casa, Daniel, el Mochuelo, cambió otra vez de parecer en el día y se confesó que no tenía ningún motivo para estar atribulado. Después de todo, el día estaba radiante, el valle era hermoso y el novio de la Mica le había dicho sonriente: "¡Bravo, muchacho!"

XVIII

COMO otras muchas mujeres, la Guindilla mayor despreció el amor mientras ningún hombre le propuso amar y ser amada. A veces, la Guindilla se reía de que el único amor de su vida hubiera nacido precisamente de su celo moralizador. Sin su afán de recorrer los montes durante las anochecidas de los domingos no hubiera soliviantado a los mozos del pueblo, y, sin soliviantar a los mozos del pueblo, no hubiera dado a Quino, el Manco, oportunidad de defenderla y sin esta oportunidad, jamás se hubiera conmovido el seco corazón de la Guindilla mayor, demasiado ceñido y cerrado entre las costillas. Era, la de su primer y único amor, una cadena de causalidad y casualidad que si pensaba en ella la abrumaba. Son infinitos los caminos del Señor.

Los amores de la Guindilla y Quino, el Manco, tardaron en conocerse en el pueblo. Además, progresaron con una lentitud crispante. Era un paso definitivo, a la postre. Quino, el Manco, ya había pensado en ella, en la Guindilla, antes del incidente con los mozos. La Guindilla no era joven y él tampoco. Por otro lado, la Guindilla era enjuta y delgada y poseía un negocio en marcha; y un evidente talento comercial. Precisamente de lo que él carecía. Últimamente, Quino estaba asfixiado por las hipotecas. Bien mirado, propiedad de él, lo que se dice de él, no restaba ni un hierbajo del huerto. Además, la Guindilla era delgada y tenía los muslos escurridos. Vamos, al parecer. Naturalmente, ni él ni nadie vieron nunca los muslos a la Guindilla. En fin, la Guindilla mayor constituía para él una solución congruente y pintiparada.

Cuando Quino, el Manco, la defendió de los mozos en el puente no lo hizo con miras egoístas. Lo hizo porque era un hombre noble y digno y detestaba la violencia, sobre todo con las mujeres. ¿Que luego se enredó la cosa y la Guindilla le miró de este u otro modo, y le besó ardorosamente el muñón y él, al beso, sintió como el cosquilleo de un calambre a lo largo del brazo y se conmovió? Bien. Eslabones de una misma cadena. Incidencias necesarias para abordar un fin ineluctable. Designios de Dios.

El beso en la carne retorcida del muñón sirvió también para que Quino, el Manco, constatase que aún existía en su cuerpo pujanza y la eficacia de la virilidad. Aún no estaba neutralizado como sexo; contaba todavía. Y se dio en pensar en eventualidades susceptibles de ser llevadas a la práctica. Y así nació la idea de introducir una flor cada mañana a la Guindilla, por debajo de la puerta de la tienda, antes de que el pueblo despertase.

Quino, el Manco, sabía que en esta ocasión había que obrar con tiento. El pueblo aborrecía a la Guindilla y la Guindilla era una puritana y la otra Guindi-

lla un gato escaldado. Tenía que actuar, pues, con
cautela, sigilo y discreción.

Cambiaba de flor cada día y si la flor era grande
introducía solamente un pétalo. Quino, el Manco, no
ignoraba que una flor sin intención se la lleva el viento y una flor intencionada encierra más fuerza per-
suasiva que un filón de oro. Sabía también que la asiduidad y la constancia terminan por mellar el hierro.

Al mes, todo este caudal de ternuras acabó rever-
tiendo, como no podía menos, en don José, el cura, que
era un gran santo.

Dijo la Guindilla:

—Don José, ¿es pecado desear desmayarse en los
brazos de un hombre?

—Depende de la intención — dijo el párroco.

—Sin más intención que desmayarse, don José.

—Pero, hija, ¿a tus años?

—Qué quiere, señor cura. Ninguna sabe cuándo
le va a llegar la hora. El amor y la muerte, a traición.
Y si es pecado desear desmayarse en los brazos de un
hombre, yo vivo empecatada, don José, se lo advierto.
Y lo mío no tiene remedio. Yo no podré desear otra
cosa aunque usted me diga que ése es el mayor pecado del mundo. Ese deseo puede más que yo.

Y lloraba.

Don José movía la cabeza de un lado a otro maqui-
nalmente, como un péndulo.

—Es Quino, ¿verdad? — dijo.

El pellejo de la Guindilla mayor se ahogó en rubores.

—Sí, él es, don José.

—Es un buen hombre, hija; pero es una calamidad — dijo el cura.

—No importa, don José. Todo tiene remedio.

—¿Qué dice tu hermana?

—No sabe nada aún. Pero ello no tiene fuerza moral para hablarme. Sería inútil que me diera consejos.

Irene, la Guindilla menor, se enteró al fin.

—Parece mentira, Lola. ¿Has perdido el juicio? — dijo.

—¿Por qué me dices eso?

—¿No lo sabes?

—No. Pero tú tampoco ignoras que en casa necesitamos un hombre.

—Cuando lo mío con Dimas no necesitábamos un hombre en casa.

—Es distinto, hermana.

—Ahora la que ha perdido la cabeza has sido tú; no hay otra diferencia.

—Quino tiene vergüenza.

—También Dimas parecía que la tenía.

—Iba por tu dinero. Dimas duró lo que las cinco mil pesetas. Tú lo dijiste.

—¿Es que crees que Quino va por tu persona?

La Guindilla mayor saltó, ofendida:

—¿Qué motivos tienes para dudarlo?

La Guindilla menor concedió:

—A la vista ninguno, desde luego.

—Además, yo no he de esconderme como tú. Yo someteré mi cariño a la ley de Dios.

Le brillaban los ojos a la Guindilla menor:

—No me hables de aquello; te lo pido por la bendita memoria de nuestros padres.

Aún en el pueblo no se barruntaba nada del noviazgo. Fue preciso que la Guindilla y Quino, el Manco, recorrieran las calles emparejados, un domingo por la tarde, para que el pueblo se enterase al fin. Y contra lo que Quino, el Manco, suponía, no se marchitaron los geranios en los balcones, ni se estremecieron las vacas en sus establos, ni se hendió la tierra, ni se desmoronaron las montañas al difundirse la noticia. Apenas unas sonrisas incisivas y unas insinuaciones de doble sentido. Menos no podía esperarse.

Dos semanas después, la Guindilla mayor fue a ver de nuevo a don José.

—Señor cura, ¿es pecado desear que un hombre nos bese en la boca y nos estruje entre sus brazos con todo su vigor, hasta destrozarnos?

—Es pecado.

—Pues yo no puedo remediarlo, don José. Peco a cada minuto de mi vida.

—Tú y Quino debéis casaros — dijo, sin más, el cura.

Irene, la Guindilla menor, puso el grito en el cielo al conocer la sentencia de don José:

—Le llevas diez años, Lola; y tú tienes cincuenta. Sé sensata; reflexiona. Por amor de Dios, vuelve en ti antes de que sea tarde.

La Guindilla mayor acababa de descubrir que había una belleza en el sol escondiéndose tras los montes y en el gemido de una carreta llena de heno, y en el vuelo pausado de los milanos bajo el cielo límpido de agosto, y hasta en el mero y simple hecho de vivir. No podía renunciar a ella ahora que acababa de descubrirla.

—Estoy decidida, hermana. Tú tienes la puerta abierta para marchar cuando lo desees — dijo.

La Guindilla menor rompió a llorar, luego le dio un ataque de nervios, y, por último, se acostó con fiebre. Así estuvo una semana. El domingo había desaparecido la fiebre. La Guindilla mayor entró en la habitación de puntillas y descorrió las cortinas alborozada.

—Vamos, hermana, levántate — dijo —. Don José leerá hoy, en la misa, mi primera amonestación. Hoy debe ser para ti y para mí un día inolvidable.

La Guindilla menor se levantó sin decir nada, se arregló y marchó con su hermana a oír la primera amonestación. De regreso, ya en casa, Lola dijo:

—Anímate, hermana; tú serás mi madrina de boda.

Y, efectivamente, la Guindilla menor hizo de madrina de boda. Todo ello sin rechistar. A los pocos meses de casada, la Guindilla mayor, extrañada de la sumisión y mudez de Irene, mandó llamar a don Ricardo, el médico.

—Esta chica ha sufrido una impresión excesiva. No razona. De todos modos no es peligrosa. Su trastorno no da muestra alguna de violencia — dijo el médico. Luego le recetó unas inyecciones y se marchó.

La Guindilla mayor se puso a llorar acongojada.

Pero a Daniel, el Mochuelo, nada de esto le causó sorpresa. Empezaba a darse cuenta de que la vida es pródiga en hechos que antes de acontecer parecen inverosímiles y luego, cuando sobrevienen, se percata uno de que no tienen nada de inextricables ni de sorprendentes. Son tan naturales como que el sol asome cada mañana, o como la lluvia, o como la noche, o como el viento.

Él siguió la marcha de las relaciones de la Guindilla y Quino, el Manco, por la Uca-uca. Fue un hecho curioso que tan pronto conoció estas relaciones, sintió que se desvanecía totalmente su vieja aversión por la chiquilla. Y en su lugar brotaba como un vago impulso de compasión.

Una mañana la encontró hurgando entre la maleza, en la ribera del río.

—Ayúdame, Mochuelo. Se ha escondido aquí un malvís que casi no vuela.

Él se afanó por atrapar al pájaro. Al fin lo consiguió, pero el animalito, forcejeando por escapar, se precipitó insensatamente en el río y se ahogó en un instante. Entonces la Mariuca-uca se sentó en la orilla, con los pies sumergidos en la corriente. El Mochuelo se sentó a su lado. A ambos les entristecía la inopinada muerte del pájaro. Luego, la tristeza se disipó.

—¿Es verdad que tu padre se va a casar con la Guindilla? — dijo el Mochuelo.

—Eso dicen.

—¿Quién lo dice?

—Ellos.

—¿Tú qué dices?

—Nada.

—Tu padre, ¿qué dice?

—Que se casa para que yo tenga una madre.

—Ni pintada querría yo una madre como la Guindilla — dijo el Mochuelo.

—El padre dice que ella me lavará la cara y me
peinará las trenzas.

Volvió a insistir el Mochuelo:

—Y tú, ¿qué dices?

—Nada.

Daniel, el Mochuelo, presentía la tribulación inexpresada de la pequeña, el valor heroico de su her-
metismo, tan dignamente sostenido.

La niña preguntó de pronto:

—¿Es cierto que tú te marchas a la ciudad?

—Dentro de tres meses. He cumplido ya once años.
Mi padre quiere que progrese.

—Y tú, ¿qué dices?

—Nada.

Después de hablar se dio cuenta el Mochuelo de
que se habían cambiado las tornas; de que era él,
ahora, el que no decía nada. Y comprendió que entre
él y la Uca-uca surgía de repente un punto común de
rara afinidad. Y que no lo pasaba mal charlando con
la niña, y que los dos se asemejaban en que tenían
que acatar lo que más convenía a sus padres sin que
a ellos se les pidiera opinión. Y advirtió también que
estando así, charlando de unas cosas y otras, se estaba bien y no se acordaba para nada de la Mica: Y, sobre todo, que la idea de marchar a la ciudad a progresar, volvía a hacérsele ardua e insoportable. Cuando quisiera volver de la ciudad de progresar, la Mica,
de seguro, habría perdido el cutis y tendría, a cambio, una docena de chiquillos.

Ahora se encontraba con la Uca-uca con más frecuencia y ya no la rehuía con la hosquedad que lo hacía antes.

—Uca-uca, ¿cuándo es la boda?

—Para julio.

—Y tú, ¿qué dices?

—Nada.

—Y ella, ¿qué dice?

—Que me llevará a la ciudad, cuando sea mi madre, para que me quiten las pecas.

—Y tú, ¿quieres?

Se azoraba la Uca-uca y bajaba los ojos:

—Claro.

El día de la boda, Mariuca-uca no apareció por
ninguna parte. Al anochecer, Quino, el Manco, se olvidó de la Guindilla mayor y de todo y dijo que había
que buscar a la niña costara lo que costase. Daniel,
el Mochuelo, observaba fascinado los preparativos en
su derredor. Los hombres con palos, faroles y linternas, con los pies embutidos en gruesas botas clavetea-
das que producían un ruido chirriante al moverse en
la carretera.

Daniel, el Mochuelo, al ver que se pasaba el tiempo sin que los hombres regresaran de las montañas,
se fue llenando de ansiedad. Su madre lloraba a su lado
y no cesaba de decir: "Pobre criatura." Por lo visto
no era partidaria de dar a la Uca-uca una madre pos-
tiza. Cuando Rafaela, la Chancha, la mujer del Cuco,
el factor, pasó a la quesería diciendo que era proba-
ble que a la niña la hubiera devorado un lobo, Daniel, el Mochuelo, tuvo ganas de gritar con toda su

alma. Y fue en ese momento cuando se confesó que si a la Uca-uca le quitaban las pecas, le quitaban la gracia y que él no quería que a la Uca-uca le quitaran las pecas y tampoco que la devorase un lobo.

A las dos de la madrugada regresaron los hombres con los palos, las linternas y los faroles y la Mariuca-uca en medio, muy pálida y desgreñada. Todos corrieron a casa de Quino, el Manco, a ver llegar a la niña y a besarla y a estrujarla y a celebrar la aparición. Pero la Guindilla se adelantó a todos y recibió a la Uca-uca con dos sopapos, uno en cada mejilla. Quino, el Manco, contuvo a duras penas una blasfemia, pero llamó la atención a la Guindilla y le dijo que no le gustaba que golpeasen a la niña y doña Lola le contestó irritada que "desde la mañana era ya su madre y tenía el deber de educarla". Entonces Quino, el Manco, se sentó en una banqueta de la tasca y se echó de bruces sobre el brazo que apoyaba en la mesa, como si llorara, o como si acabara de sobrevenirle una gran desgracia.

XIX

GERMÁN, el Tiñoso, levantó un dedo, ladeó un poco la cabeza para facilitar la escucha, y dijo:

—Eso que canta en ese bardal es un rendajo.

El Mochuelo dijo:

—No. Es un jilguero.

Germán, el Tiñoso, le explicó que los rendajos tenían unas condiciones canoras tan particulares, que podían imitar los gorjeos y silbidos de toda clase de pájaros. Y los imitaban para atraerlos y devorarlos luego. Los rendajos eran pájaros muy poco recomendables, tan hipócritas y malvados.

El Mochuelo insistió:

—No. Es un jilguero.

Encontraba un placer en la contradicción aquella mañana. Sabía que había una fuerza en su oposición, aunque ésta fuese infundada. Y hallaba una satisfacción morbosa y oscura en llevar la contraria.

Roque, el Moñigo, se incorporó de un salto y dijo:

—Mirad; un tonto de agua.

Señalaba a la derecha de la Poza, tres metros más allá de donde desaguaba El Chorro. En el pueblo llamaban tontos a las culebras de agua. Ignoraban el

motivo, pero ellos no husmeaban jamás en las razones que inspiraban el vocabulario del valle. Lo acep-
taban, simplemente, y sabían por eso que aquella cu-
lebra que ganaba la orilla a coletazos espasmódicos
era un tonto de agua. El tonto llevaba un pececito
atravesado en la boca. Los tres se pusieron en pie y
apilaron unas piedras.

Germán, el Tiñoso, advirtió:

—No dejarle subir. Los tontos en las cuestas se
hacen un aro y ruedan más de prisa que corre una
liebre. Y atacan, además.

Roque, el Moñigo, y Daniel, el Mochuelo, miraron
atemorizados al animal. Germán, el Tiñoso, saltó de
roca en roca para aproximarse con un pedrusco en la
mano. Fue una mala pisada o un resbalón en el lé-
gamo que recubría las piedras, o un fallo de su pierna coja. El caso es que Germán, el Tiñoso, cayó aparatosamente contra las rocas, recibió un golpe en la
cabeza, y de allí se deslizó, como un fardo sin vida,
hasta la Poza. El Moñigo y el Mochuelo se arrojaron
al agua tras él, sin titubeos. Braceando desesperada-
mente lograron extraer a la orilla el cuerpo de su amigo. El Tiñoso tenía una herida enorme en la nuca y
había perdido el conocimiento. Roque y Daniel estaban aturdidos. El Moñigo se echó al hombro el cuerpo inanimado del Tiñoso y lo subió hasta la carretera.
Ya en casa de Quino, la Guindilla le puso unas compresas de alcohol en la cabeza. Al poco tiempo pasó
por allí Esteban, el panadero, y lo transportó al pueblo
en su tartana.

Rita, la Tonta, prorrumpió en gritos y ayes al ver

llegar a su hijo en aquel estado. Fueron unos instantes de confusión. Cinco minutos después, el pueblo en masa se apiñaba a la puerta del zapatero. Apenas dejaban paso a don Ricardo, el médico; tal era su anhelante impaciencia. Cuando éste salió, todos los ojos le miraban, pendientes de sus palabras:

—Tiene fracturada la base del cráneo. Está muy grave. Pidan una ambulancia a la ciudad — dijo el médico.

De repente, el valle se había tornado gris y opaco a los ojos de Daniel, el Mochuelo. Y la luz del día se hizo pálida y macilenta. Y temblaba en el aire una fuerza aún mayor que la de Paco, el herrero. Pancho, el Sindiós, dijo de aquella fuerza que era el Destino, pero la Guindilla dijo que era la voluntad del Señor. Como no se ponían de acuerdo, Daniel se escabulló y entró en el cuarto del herido. Germán, el Tiñoso, estaba muy blanco y sus labios encerraban una suave y diluida sonrisa.

El Tiñoso sirvió de campo de batalla, durante ocho horas, entre la vida y la muerte. Llegó la ambulancia de la ciudad con Tomás, el hermano del Tiñoso, que estaba empleado en una empresa de autobuses. El hermano entró en la casa como loco y en el pasillo se encontró con Rita, la Tonta, que salía despavorida de la habitación del enfermo. Se abrazaron madre e hijo de una manera casi eléctrica. La exclamación de la Tonta fue como un chispazo fulminante.

—Tomás, llegas tarde. Tu hermano acaba de morir — dijo.

Y a Tomás se le saltaron las lágrimas y juró entre

dientes como si se rebelara contra Dios por su impotencia. Y a la puerta de la vivienda las mujeres empezaron a hipar y a llorar a gritos, y Andrés, "el hombre que de perfil no se le ve", salió también de la habitación, todo encorvado, como si quisiera ver las pantorrillas de la enana más enana del mundo. Y Daniel, el Mochuelo, sintió que quería llorar y no se atrevió a hacerlo porque Roque, el Moñigo, vigilaba sus reacciones sin pestañear, con una rigidez despótica. Pero le extrañó advertir que ahora todos querían al Tiñoso. Por los hipos y gemiqueos se diría que Germán, el Tiñoso, era hijo de cada una de las mujeres del pueblo. Mas a Daniel, el Mochuelo, le consoló, en cierta manera, este síntoma de solidaridad.

Mientras amortajaban a su amigo, el Moñigo y el Mochuelo fueron a la fragua.

—El Tiñoso se ha muerto, padre — dijo el Moñigo. Y Paco, el herrero, hubo de sentarse a pesar de lo grande y fuerte que era, porque la impresión lo anonadaba. Dijo, luego, como si luchase contra algo que le enervara:

—Los hombres se hacen; las montañas están hechas ya.

El Moñigo dijo:

—¿Qué quieres decir, padre?

—¡Que bebáis! — dijo Paco, el herrero, casi furioso, y le extendió la bota de vino.

Las montañas tenían un cariz entenebrecido y luctuoso aquella tarde y los prados y las callejas y las casas del pueblo y los pájaros y sus acentos. Entonces, Paco, el herrero, dijo que ellos dos debían encargar una corona fúnebre a la ciudad como homenaje al amigo perdido y fueron a casa de las Lepóridas y la encargaron por teléfono. La Camila estaba llorando también, y aunque la conferencia fue larga no se la quiso cobrar. Luego volvieron a casa de Germán, el Tiñoso. Rita, la Tonta, se abrazó al cuello del Mochuelo y le decía atropelladamente que la perdonase, pero que era como si pudiese abrazar aún a su hijo, porque él era el mejor amigo de su hijo. Y el Mochuelo se puso más triste todavía, pensando que cuatro semanas después él se iría a la ciudad a empezar a progresar y la Rita, que no era tan tonta como decían, habría de quedarse sin el Tiñoso y sin él para enjugar sus pobres afectos truncados. También el zapatero les pasó la mano por los hombros y les dijo que les estaba agradecido porque ellos habían salvado a su hijo en el río, pero que la muerte se empeñó en llevárselo y contra ella, si se ponía terca, no se conocía remedio.

Las mujeres seguían llorando junto al cadáver y, de vez en cuando, alguna tenía algún arranque y besaba y estrujaba el cuerpecito débil y frío del Tiñoso, en tanto sus lágrimas y alaridos se incrementaban.

Los hermanos de Germán anudaron una toalla a su cráneo para que no se vieran las calvas y Daniel, el Mochuelo, experimentó más pena porque, de esta guisa, su amigo parecía un niño moro, un infiel. El Mochuelo esperaba que a don José, el cura, le hiciese el mismo efecto y mandase quitar la toalla. Pero don José llegó; abrazó al zapatero y administró al Tiñoso la Santa Unción sin reparar en la toalla.

Los grandes raramente se percatan del dolor acer-
bo y sutil de los pequeños. Su mismo padre, el quesero, al verle, por primera vez, después del accidente, en
vez de consolarle, se limitó a decir:

—Daniel, para que veas en lo que acaban todas
las diabluras. Lo mismo que le ha ocurrido al hijo
del zapatero podría haberte sucedido a ti. Espero que
esto te sirva de escarmiento.

Daniel, el Mochuelo, no quiso hablar, pues barruntaba que de hacerlo terminaría llorando. Su padre no quería darse cuenta de que cuando sobrevino
el accidente no intentaban diablura alguna, sino, simplemente, matar un tonto de agua. Ni advertía tampoco que lo mismo que él le metió la perdigonada en
el carrillo la mañana que mataron el milano con el
Gran Duque, podría habérsela metido en la sien y
haberle mandado al otro barrio. Los mayores atribuían
las desgracias a las imprudencias de los niños, olvidando que estas cosas son siempre designios de Dios y que
los grandes también cometen, a veces, imprudencias.

Daniel, el Mochuelo, pasó la noche en vela, junto
al muerto. Sentía que algo grande se velaba dentro de
él y que en adelante nada sería como había sido. Él
pensaba que Roque, el Moñigo, y Germán, el Tiñoso,
se sentirían muy solos cuando él se fuera a la ciudad a
progresar, y ahora resultaba que el que se sentía solo,
espantosamente solo, era él, y sólo él. Algo se mar-
chitó de repente muy dentro de su ser: quizá la fe
en la perennidad de la infancia. Advirtió que todos
acabarían muriendo, los viejos y los niños. Él nunca
se paró a pensarlo y al hacerlo ahora, una sensación

punzante y angustiosa casi le asfixiaba. Vivir de esta manera era algo brillante, y a la vez, terriblemente tétrico y desolado. Vivir era ir muriendo día a día, poquito a poco, inexorablemente. A la larga, todos acabarían muriendo: él, y don José, y su padre, el quesero, y su madre, y las Guindillas, y Quino, y las cinco Lepóridas, y Antonio, el Buche, y la Mica, y la Mariuca-uca, y don Antonino, el marqués, y hasta Paco, el herrero. Todos eran efímeros y transitorios y a la vuelta de cien años no quedaría rastro de ellos sobre las piedras del pueblo. Como ahora no quedaba rastro de los que les habían precedido en una centena de años. Y la mutación se produciría de una manera lenta e imperceptible. Llegarían a desaparecer del mundo todos, absolutamente todos los que ahora poblaban su costra y el mundo no advertiría el cambio. La muerte era lacónica, misteriosa y terrible.

Con el alba, Daniel, el Mochuelo, abandonó la compañía del muerto y se dirigió a su casa a desayunar. No tenía hambre, pero juzgaba una medida prudente llenar el estómago ante las emociones que se avecinaban. El pueblo asumía a aquella hora una quietud demasiado estática, como si todo él se sintiera recorrido y agarrotado por el tremendo frío de la muerte. Y los árboles estaban como acorchados. Y el quiquiriquí de los gallos resultaba fúnebre, como si cantasen con sordina o no se atreviesen a mancillar el ambiente de duelo y recogimiento que pesaba sobre el valle. Y las montañas enlutaban, bajo un cielo plomizo, sus formas colosales. Y hasta en las vacas que pastaban en los prados se acentuaba el aire cansino y soñoliento que en ellas era habitual.

Daniel, el Mochuelo, apenas desayunó regresó al pueblo. Al pasar frente a la tapia del boticario divisó un tordo picoteando un cerezo silvestre junto a la carretera. Se reavivó en él el sentimiento del Tiñoso, el amigo perdido para siempre. Buscó el tirachinas en el bolsillo y colocó una piedra en la badana. Luego apuntó al animal cuidadosamente y estiró las gomas con fuerza. La piedra, al golpear el pecho del tordo, produjo un ruido seco de huesos quebrantados. El Mochuelo corrió hacia el animal abatido y las manos le temblaban al recogerlo. Después reanudó el camino con el tordo en el bolsillo.

Germán, el Tiñoso, ya estaba dentro de la caja cuando llegó. Era una caja blanca, barnizada, que el zapatero había encargado a una funeraria de la ciudad. También había llegado la corona encargada por ellos con la leyenda que dispuso el Moñigo: "Tiñoso, tus amigos Mochuelo y Moñigo no te olvidarán jamás." Rita, la Tonta, volvió a abrazarle con énfasis, diciéndole, en voz baja, que era muy bueno. Pero Tomás, el hermano colocado en una empresa de autobuses, se enfadó al ver la leyenda y cortó el trozo donde decía "Tiñoso", dejando sólo: "tus amigos Mochuelo y Moñigo no te olvidarán jamás".

Mientras Tomás cortaba la cinta y los demás le contemplaban, Daniel, el Mochuelo, depositó con disimulo el tordo en el féretro, junto al cadáver de su amigo. Había pensado que su amigo, que era tan aficionado a los pájaros, le agradecería, sin duda, desde el otro mundo, este detalle. Mas Tomás, al volver a colocar la corona fúnebre a los pies del cadáver, reparó en el ave, incomprensiblemente muerta junto a su hermano. Acercó mucho los ojos para cerciorarse de que era un tordo lo que veía, pero después de comprobarlo no se atrevió a tocarlo. Tomás se sintió recorrido por una corriente supersticiosa.

—¿Qué... quién... cómo demonios está aquí esto? — dijo.

Daniel, el Mochuelo, después del enfado de Tomás por lo de la corona, no se atrevió a declarar su parte de culpa en esta nueva peripecia. El asombro de Tomás se contagió pronto a todos los presentes que se acercaban a contemplar el pájaro. Ninguno, empero, osaba tocarlo.

—¿Cómo hay un tordo ahí dentro?

Rita, la Tonta, buscaba una explicación razonable en el rostro de cada uno de sus vecinos. Pero en todos leía un idéntico estupor.

—Mochuelo, ¿sabes tú...?

—Yo no sé nada. No había visto el tordo hasta que lo dijo Tomás.

Andrés, "el hombre que de perfil no se le ve", entró en aquel momento. Al ver el pájaro se le ablandaron los ojos y comenzó a llorar silenciosamente.

—Él quería mucho a los pájaros; los pájaros han venido a morir con él — dijo.

El llanto se contagió a todos y a la sorpresa inicial sucedió pronto la creencia general en una intervención ultraterrena. Fue Andrés, "el hombre que de perfil no se le ve", quien primero lo insinuó con voz temblorosa:

—Esto… es un milagro.

Los presentes no deseaban otra cosa sino que alguien expresase en alta voz su pensamiento para estallar. Al oír la sugerencia del zapatero se oyó un grito unánime y desgarrado, mezclado con ayes y sollozos:

—¡Un milagro!

Varias mujeres, amedrentadas, salieron corriendo en busca de don José. Otras fueron a avisar a sus maridos y familiares para que fueran testigos del prodigio. Se organizó un revuelo caótico e irrefrenable.

Daniel, el Mochuelo, tragaba saliva incesantemente en un rincón de la estancia. Aun después de muerto el Tiñoso, los entes perversos que flotaban en el aire seguían enredándole los más inocentes y bien intencionados asuntos. El Mochuelo pensó que tal como se habían puesto las cosas, lo mejor era callar. De otro modo, Tomás, en su excitación, sería muy capaz de matarlo.

Entró apresuradamente don José, el cura.

—Mire, mire, don José — dijo el zapatero.

Don José se acercó con recelo al borde del féretro y vio el tordo junto a la yerta mano del Tiñoso.

—¿Es un milagro o no es un milagro? — dijo la Rita, toda exaltada, al ver la cara de estupefacción del sacerdote.

Se oyó un prolongado murmullo en torno. Don José movió la cabeza de un lado a otro mientras observaba los rostros que le rodeaban.

Su mirada se detuvo un instante en la carita asustada del Mochuelo. Luego dijo:

—Sí que es raro todo esto. ¿Nadie ha puesto ahí ese pájaro?

—¡Nadie, nadie! — gritaron todos.

Daniel, el Mochuelo, bajó los ojos. La Rita volvió a gritar, entre carcajadas histéricas, mientras miraba con ojos desafiadores a don José:

—¡Qué! ¿Es un milagro o no es un milagro, señor cura?

Don José intentó apaciguar los ánimos, cada vez más excitados.

—Yo no puedo pronunciarme ante una cosa así. En realidad es muy posible, hijos míos, que alguien, por broma o con buena intención, haya depositado el tordo en el ataúd y no se atreva a declararlo ahora por temor a vuestras iras. — Volvió a mirar insistentemente a Daniel, el Mochuelo, con sus ojillos hirientes como puntas de alfileres. El Mochuelo, asustado, dio media vuelta y escapó a la calle. El cura prosiguió: — De todas formas yo daré traslado al Ordinario de lo que aquí ha sucedido. Pero os repito que no os hagáis ilusiones. En realidad, hay muchos hechos de apariencia milagrosa que no tienen de milagro más que eso: la apariencia. — De repente cortó, seco: — A las cinco volveré para el entierro.

En la puerta de la calle, don José, el cura, que era un gran santo, se tropezó con Daniel, el Mochuelo, que le observaba a hurtadillas, tímidamente. El párroco oteó las proximidades y como no viera a nadie

en derredor, sonrió al niño, le propinó unos golpecitos
paternales en el cogote, y le dijo en un susurro:

—Buena la has hecho, hijo; buena la has hecho.

Luego le dio a besar su mano y se alejó, apoyándose
en la cachaba, a pasitos muy lentos.

XX

Es expresivo y cambiante el lenguaje de las campanas; su vibración es capaz de acentos hondos y graves y livianos y agudos y sombríos. Nunca las campanas dicen lo mismo. Y nunca lo que dicen lo dicen de la misma manera.

Daniel, el Mochuelo, acostumbraba a dar forma a su corazón por el tañido de las campanas. Sabía que el repique del día de la Patrona sonaba a cohetes y a júbilo y a estupor desproporcionado e irreflexivo. El corazón se le redondeaba, entonces, a impulsos de un sentimiento de alegría completo y armónico. Al concluir los bombardeos, durante la guerra, las campanas también repicaban alegres, mas con un deje de reserva, precavido y reticente. Había que tener cuidado. Otras veces, los tañidos eran sordos, opacos, oscuros y huecos como el día que enterraron a Germán, el Tiñoso, por ejemplo. Todo el valle, entonces, se llenaba hasta impregnarse de los tañidos sordos, opacos, oscuros y huecos de las campanas parroquiales. Y el frío de sus vibraciones pasaba a los estratos de la tierra y a las raíces de las plantas y a la medula de los huesos de los hombres y al corazón de los niños. Y el corazón de Daniel, el Mochuelo, se tornaba mollar y maleable — blando como el plomo derretido — bajo el solemne tañir de las campanas.

Estaba lloviznando y tras don José, revestido de sobrepelliz y estola, caminaban los cuatro hijos mayores del zapatero, el féretro en hombros, con Germán, el Tiñoso, y el tordo dentro. A continuación marchaba el zapatero con el resto de sus familiares, y detrás, casi todos los hombres y las mujeres y los niños del pueblo con rostros compungidos, notando en sus vísceras las resonancias de las campanas, vibrando en una modulación lenta y cadenciosa. Daniel, el Mochuelo, sentía aquel día las campanas de una manera especial. Se le antojaba que él era como uno de los insectos que coleccionaba en una caja el cura de La Cullera. Se diría que, lo mismo que aquellos animalitos, cada campanada era como una aguja afiladísima que le atravesaba una zona vital de su ser. Pensaba en Germán, el Tiñoso, y pensaba en él mismo, en los nuevos rumbos que a su vida imprimían las circunstancias. Le dolía que los hechos pasasen con esa facilidad a ser recuerdos; notar la sensación de que nada, nada de lo pasado, podría reproducirse. Era aquélla una sensación angustiosa de dependencia y sujeción. Le ponía nervioso la imposibilidad de dar marcha atrás en el reloj del tiempo y resignarse a saber que nadie volvería a hablarle, con la precisión y el conocimiento con que el Tiñoso lo hacía, de los rendajos y las perdices y los martines pescadores y las pollas de agua. Había de avenirse a no volver a oír jamás la voz de Germán, el Tiñoso; a admitir como un suceso vulgar y cotidiano que los huesos del

Tiñoso se transformasen en cenizas junto a los huesos de un tordo; que los gusanos agujereasen ambos cuerpos simultáneamente, sin predilecciones ni postergaciones.

Se confortó un poco tanteando en su bolsillo un cuproníquel con el agujerito en medio. Cuando concluyese el entierro iría a la tienda de Antonio, el Buche, a comprarse un adoquín. Claro que a lo mejor no estaba bien visto que se endulzase así después de enterrar a un buen amigo. Habría de esperar al día siguiente.

Descendían ya la varga por su lado norte, hacia el pequeño camposanto del lugar. Bajo la iglesia, los tañidos de las campanas adquirían una penetración muy viva y dolorosa. Doblaron el recodo de la parroquia y entraron en el minúsculo cementerio. La puerta de hierro chirrió soñolienta y enojada. Apenas cabían todos en el pequeño recinto. A Daniel, el Mochuelo, se le aceleró el corazón al ver la pequeña fosa, abierta a sus pies. En la frontera este del camposanto, lindando con la tapia, se erguían adustos y fantasmales, dos afilados cipreses. Por lo demás, el cementerio del pueblo era tibio y recoleto y acogedor. No había mármoles, ni estatuas, ni panteones, ni nichos, ni tumbas revestidas de piedra. Los muertos eran tierra y volvían a la tierra, se confundían con ella en un impulso directo, casi vicioso, de ayuntamiento. En derredor de las múltiples cruces, crecían y se desarrollaban los helechos, las ortigas, los acebos, la hierbabuena y todo género de hierbas silvestres. Era un consuelo, al fin, descansar allí, envuelto día y noche en los aromas penetrantes del campo.

El cielo estaba pesado y sombrío. Seguía lloviznando. Y el grupo, bajo los paraguas, era una estampa enlutada de estremecedor y angustioso simbolismo. Daniel, el Mochuelo, sintió frío cuando don José, el cura, que era un gran santo, comenzó a rezar responsos sobre el féretro depositado a los pies de la fosa recién cavada. Había, en torno, un silencio abierto sobre cien sollozos reprimidos, sobre mil lágrimas truncadas, y fue entonces cuando Daniel, el Mochuelo, se volvió, al notar sobre el calor de su mano el calor de una mano amiga. Era la Uca-uca. Tenía la niña un grave gesto adosado a sus facciones pueriles, un ademán desolado de impotencia y resignación. Pensó el Mochuelo que le hubiera gustado estar allí solo con el féretro y la Uca-uca y poder llorar a raudales sobre las trenzas doradas de la chiquilla; sintiendo en su mano el calor de otra mano amiga. Ahora, al ver el féretro a sus pies, lamentó haber discutido con el Tiñoso sobre el ruido que las perdices hacían al volar, sobre las condiciones canoras de los rendajos o sobre el sabor de las cicatrices. Él se hallaba indefenso, ahora, y Daniel, el Mochuelo, desde el fondo de su alma, le daba, incondicionalmente, la razón. Vibraba con unos acentos lúgubres la voz de don José, esta tarde, bajo la lluvia, mientras rezaba los responsos:

—*Kirie, eleison. Christie, eleison. Kirie, eleison. Pater noster qui es in caelis...*

A partir de aquí, la voz del párroco se hacía un rumor ininteligible. Daniel, el Mochuelo, experimentó

unas ganas enormes de llorar al contemplar la actitud
entregada del zapatero. Viéndole en este instante no
se dudaba de que jamás Andrés, "el hombre que de
perfil no se le ve", volvería a mirar las pantorrillas de
las mujeres. De repente, era un anciano tembloteante
y extenuado, sexualmente indiferente. Cuando don José
acabó el tercer responso, Trino, el sacristán, extendió
una arpillera al lado del féretro y Andrés arrojó en
ella una peseta. La voz de don José se elevó de nuevo:

—*Kirie, eleison. Christie, eleison. Kirie, eleison. Pater noster qui es in caelis...*

Luego fue el Peón quien echó unas monedas sobre
la arpillera, y don José, el cura, que era un gran santo, rezó otro responso. Después se acercó Paco, el herrero, y depositó veinte céntimos. Y más tarde, Quino,
el Manco, arrojó otra pequeña cantidad. Y luego Cuco,
el factor, y Pascualón, el del molino, y don Ramón, el
alcalde, y Antonio, el Buche, y Lucas, el Mutilado, y
las cinco Lepóridas, y el ama de don Antonino, el marqués, y Chano y todos y cada uno de los hombres y las
mujeres del pueblo y la arpillera iba llenándose de
monedas livianas, de poco valor, y a cada dádiva, don
José, el cura, que era un gran santo, contestaba con
un responso, como si diera las gracias.

—*Kirie, eleison. Christie, eleison. Kirie, eleison. Pater noster qui es in caelis...*

Daniel, el Mochuelo, aferraba crispadamente su cuproníquel, con la mano embutida en el bolsillo del
pantalón. Sin querer, pensaba en el adoquín de limón
que se comería al día siguiente, pero, inmediatamente,
relacionaba el sabor de su presunta golosina con el

letargo definitivo del Tiñoso y se decía que no tenía
ningún derecho a disfrutar un adoquín de limón mientras su amigo se pudría en un agujero. Extraía ya lentamente el cuproníquel, decidido a depositarlo en la
arpillera, cuando una voz interior le contuvo: "¿Cuánto tiempo tardarás en tener otro cuproníquel, Mochuelo?" Le soltó compelido por un sórdido instinto de
avaricia. De improviso rememoró la conversación con
el Tiñoso sobre el ruido que hacían las perdices al volar y su pena se agigantó de nuevo. Ya Trino se inclinaba sobre la arpillera y la agarraba por las cuatro
puntas para recogerla, cuando Daniel, el Mochuelo,
se desembarazó de la mano de la Uca-uca y se adelantó hasta el féretro:

—¡Espere! — dijo.

Todos los ojos le miraban. Notó Daniel, el Mochuelo, en sí, las miradas de los demás, con la misma sensación física que percibía las gotas de la lluvia. Pero
no le importó. Casi sintió un orgullo tan grande como
la tarde que trepó a lo alto de la cucaña al sacar de su
bolsillo la moneda reluciente, con el agujerito en medio, y arrojarla sobre la arpillera. Siguió el itinerario
de la moneda con los ojos, la vio rodar un trecho y, luego, amontonarse con las demás produciendo, al juntarse, un alegre tintineo. Con la voz apagada de don José,
el cura, que era un gran santo, le llegó la sonrisa pre-
sentida del Tiñoso, desde lo hondo de su caja blanca
y barnizada.

—*Kirie, eleison. Christie, eleison. Kirie, eleison. Pater noster qui es in caelis...*

Al concluir don José, bajaron la caja a la tumba y

echaron mucha tierra encima. Después, la gente fue saliendo lentamente del camposanto. Anochecía y la lluvia se intensificaba. Se oía el arrastrar de los zuecos de la gente que regresaba al pueblo. Cuando Daniel, el Mochuelo, se vio solo, se aproximó a la tumba y luego de persignarse dijo:

—Tiñoso, tenías razón, las perdices al volar hacen "Prrrr" y no "Brrrr".

Ya se alejaba cuando una nueva idea le impulsó a regresar sobre sus pasos. Volvió a persignarse y dijo:

—Y perdona lo del tordo.

La Uca-uca le esperaba a la puerta del cementerio. Le cogió de la mano sin decirle una palabra. Daniel, el Mochuelo, notó que le ganaba de nuevo un amplio e inmoderado deseo de sollozar. Se contuvo, empero, porque diez pasos delante avanzaba el Moñigo, y de cuando en cuando volvía la cabeza para indagar si él lloraba.

XXI

En torno a Daniel, el Mochuelo, se hacía la luz de un modo imperceptible. Se borraban las estrellas del cuadrado de cielo delimitado por el marco de la ventana y sobre el fondo blanquecino del firmamento la cumbre del Pico Rando comenzaba a verdear. Al mismo tiempo, los mirlos, los ruiseñores, los verderones y los rendajos iniciaban sus melodiosos conciertos matutinos entre la maleza. Las cosas adquirían precisión en derredor; definían, paulatinamente, sus volúmenes, sus tonalidades y sus contrastes. El valle despertaba al nuevo día con una fruición aromática y vegetal. Los olores se intensificaban, cobraban densidad y consistencia en la atmósfera circundante, reposada y queda.

Entonces se dio cuenta Daniel, el Mochuelo, de que no había pegado un ojo en toda la noche. De que la pequeña y próxima historia del valle se reconstruía en su mente con un sorprendente lujo de pormenores. Lanzó su mirada a través de la ventana y la posó en la bravía y aguda cresta del Pico Rando. Sintió entonces que la vitalidad del valle le penetraba desordenada e íntegra y que él entregaba la suya al valle en un

vehemente deseo de fusión, de compenetración íntima y total. Se daban uno al otro en un enfervorizado
anhelo de mutua protección, y Daniel, el Mochuelo,
comprendía que dos cosas no deben separarse nunca
cuando han logrado hacerse la una al modo y medida
de la otra.

No obstante, el convencimiento de una inmediata
separación le desasosegaba, aliviando la fatiga de sus
párpados. Dentro de dos horas, quizá menos, él diría
adiós al valle, se subiría en un tren y escaparía a la
ciudad lejana para empezar a progresar. Y sentía que
su marcha hubiera de hacerse ahora, precisamente
ahora que el valle se endulzaba con la suave melan-
colía del otoño y que a Cuco, el factor, acaban de uni-
formarle con una espléndida gorra roja. Los grandes
cambios rara vez resultan oportunos y consecuentes
con nuestro particular estado de ánimo.

A Daniel, el Mochuelo, le dolía esta despedida como
nunca sospechara. Él no tenía la culpa de ser un sen-
timental. Ni de que el valle estuviera ligado a él de
aquella manera absorbente y dolorosa. No le interesaba
el progreso. El progreso, en verdad, no le importaba
un ardite. Y, en cambio, le importaban los trenes dimi-
nutos en la distancia y los caseríos blancos y los prados
y los maizales parcelados; y la Poza del Inglés, y la
gruesa y enloquecida corriente del Chorro; y el corro
de bolos; y los tañidos de las campanas parroquiales;
y el gato de la Guindilla; y el agrio olor de las ence-
llas sucias; y la formación pausada y solemne y plásti-
ca de una boñiga; y el rincón melancólico y salvaje
donde su amigo Germán, el Tiñoso, dormía el sueño

eterno; y el chillido reiterado y monótono de los sapos bajo las piedras en las noches húmedas; y las pecas de la Uca-uca y los movimientos lentos de su madre en los quehaceres domésticos; y la entrega confiada y dócil ·de los pececillos del río; y tantas y tantas otras cosas del valle. Sin embargo, todo había de dejarlo por el progreso. Él no tenía aún autonomía ni capacidad de decisión. El poder de decisión le llega al hombre cuando ya no le hace falta para nada; cuando ni un solo día puede dejar de guiar un carro o picar piedra si no quiere quedarse sin comer. ¿Para qué valía, entonces, la capacidad de decisión de un hombre, si puede saberse? La vida era el peor tirano conocido. Cuando la vida le agarra a uno, sobra todo poder de decisión. En cambio, él todavía estaba en condiciones de decidir, pero como solamente tenía once años, era su padre quien decidía por él. ¿Por qué, Señor, por qué el mundo se organizaba tan rematadamente mal?

El quesero, a pesar del estado de ánimo de Daniel, el Mochuelo, se sentía orgulloso de su decisión y de poder llevar a cabo su decisión. Lo que no podían otros. La víspera habían recorrido juntos el pueblo, padre e hijo, para despedirse.

—El chico se va mañana a la ciudad. Tiene ya once años y es hora de que empiece el grado.

Y el quesero se quedaba plantado, mirándole a él, como diciendo: "¿Qué dice el estudiante?" Pero él miraba al suelo entristecido. No había nada que decir. Bastaba con obedecer.

Pero en el pueblo todos se mostraban muy cordiales y afectuosos, algunos en exceso, como si les alige-

rase no poco el saber que al cabo de unas horas iban
a perder de vista a Daniel, el Mochuelo, para mucho
tiempo. Casi todos le daban palmaditas en el cogote y
expresaban, sin rebozo, sus esperanzas y buenos deseos:

—A ver si vuelves hecho un hombre.

—¡Bien, muchacho! Tú llegarás a ministro. Entonces daremos tu nombre a una calle del pueblo. O a la
Plaza. Y tú vendrás a descubrir la lápida y luego co-
meremos todos juntos en el Ayuntamiento. ¡Buena bo-
rrachera ese día!

Y Paco, el herrero, le guiñaba un ojo y su pelo encarnado despedía un vivo centelleo.

La Guindilla mayor fue una de las que más se ale-
graron con la noticia de la marcha de Daniel, el Mochuelo.

—Bien te viene que te metan un poco en cintura,
hijo. La verdad. Ya sabes que yo no tengo pelos en la
lengua. A ver si en la ciudad te enseñan a respetar a los
animales y a no pasear en cueros por las calles del pueblo. Y a cantar el "Pastora Divina" como Dios manda.
— Hizo una pausa y llamó: — ¡Quino! Daniel se va a
la ciudad y viene a despedirse.

Y bajó Quino. Y a Daniel, el Mochuelo, al ver de
cerca el muñón, se le revivían cosas pasadas y experimentaba una angustiosa y sofocante presión en el pecho. Y a Quino, el Manco, también le daba tristeza perder aquel amigo y para disimular su pena se golpeaba
la barbilla con el muñón reiteradamente y sonreía sin
cesar:

—Bueno, chico... ¡Quién pudiera hacer otro tanto...! Nada... lo dicho. — En su turbación Quino, el Manco, no advertía que no había dicho nada. — Que sea para tu bien.

Y después, Pancho, el Sindiós, se irritó con el quesero porque mandaba a su hijo a un colegio de frailes. El quesero no le dio pie para desahogarse:

—Traigo al chico para que te diga adiós a ti y a los tuyos. No vengo a discutir contigo sobre si debe estudiar con un cura o con un seglar.

Y Pancho se rió y soltó una palabrota y le dijo a Daniel que a ver si estudiaba para médico y venía al pueblo a sustituir a don Ricardo, que ya estaba muy torpe y achacoso. Luego le dijo al quesero, dándole un golpe en el hombro:

—Chico, cómo pasa el tiempo.

Y el quesero dijo:

—No somos nadie.

Y también el Peón estuvo muy simpático con ellos y le dijo a su padre que Daniel tenía un gran porvenir en los libros si se decidía a estudiar con ahínco. Añadió que se fijasen en él. También salió de la nada. Él no era nadie y a fuerza de puños y de cerebro había hecho una carrera y había triunfado. Y tan orgulloso se sentía de sí mismo, que empezó a torcer la boca de una manera espasmódica, y cuando ya se mordía casi la negra patilla se despidieron de él y le dejaron a solas con sus muecas, su orgullo íntimo y sus frenéticos aspavientos.

Don José, el cura, que era un gran santo, le dio buenos consejos y le deseó los mayores éxitos. A la legua se advertía que don José tenía pena por perderle.

Y Daniel, el Mochuelo, recordó su sermón del día de la Virgen. Don José, el cura, dijo entonces que cada cual tenía un camino marcado en la vida y que se podía renegar de ese camino por ambición y sensualidad y que un mendigo podía ser más rico que un millonario en su palacio, cargado de mármoles y criados.

Al recordar esto, Daniel, el Mochuelo, pensó que él renegaba de su camino por la ambición de su padre. Y contuvo un estremecimiento. Le anegó la tristeza al pensar que a lo mejor, a su vuelta, don José ya no estaría en el confesonario ni podría llamarle "gitanón", sino en una hornacina de la parroquia, convertido en un santo de corona y peana. Pero, en ese caso, su cuerpo corrupto se pudriría junto al de Germán, el Tiñoso, en el pequeño cementerio de los dos cipreses rayanos a la iglesia. Y miró a don José con insistencia, agobiado por la sensación de que no volvería a verle hablar, accionar, enfilar sus ojillos pitañosos y agudos.

Y, al pasar por la finca del Indiano, quiso ponerse triste al pensar en la Mica, que iba a casarse uno de aquellos días, en la ciudad. Pero no sintió pesadumbre por no poder ver a la Mica, sino por la necesidad de abandonar el valle sin que la Mica le viese y le compadeciese y pensase que era desgraciado.

El Moñigo no había querido despedirse porque Roque bajaría a la estación a la mañana siguiente. Le abrazaría en último extremo y vigilaría si sabía ser hombre hasta el fin. Con frecuencia le había advertido el Moñigo:

—Al marcharte no debes llorar. Un hombre no

debe llorar aunque se le muera su padre entre horribles dolores.

Daniel, el Mochuelo, recordaba con nostalgia su última noche en el valle. Dio media vuelta en la cama y de nuevo atisbó la cresta del Pico Rando iluminada por los primeros rayos del Sol. Se le estremecieron las aletillas de la nariz al percibir una vaharada intensa a hierba húmeda y a boñiga. De repente, se sobresaltó. Aún no se sentía movimiento en el valle y, sin embargo, acababa de oír una voz humana. Escuchó. La voz le llegó de nuevo, intencionadamente amortiguada:

—¡Mochuelo!

Se arrojó de la cama, exaltado, y se asomó a la carretera. Allí abajo, sobre el asfalto, con una cantarilla vacía en la mano, estaba la Uca-uca. Le brillaban los ojos de una manera extraña.

—Mochuelo, ¿sabes? Voy a La Cullera a por la leche. No te podré decir adiós en la estación.

Daniel, el Mochuelo, al escuchar la voz grave y dulce de la niña, notó que algo muy íntimo se le desgarraba dentro del pecho. La niña hacía pendulear la cacharra de la leche sin cesar de mirarle. Sus trenzas brillaban al sol.

—Adiós, Uca-uca — dijo el Mochuelo. Y su voz tenía unos trémolos inusitados.

—Mochuelo, ¿te acordarás de mí?

Daniel apoyó los codos en el alféizar y se sujetó la cabeza con las manos. Le daba mucha vergüenza decir aquello, pero era ésta su última oportunidad.

—Uca-uca... — dijo, al fin —. No dejes a la Guindilla que te quite las pecas, ¿me oyes? ¡No quiero que te las quite!

Y se retiró de la ventana violentamente, porque sabía que iba a llorar y no quería que la Uca-uca le viese. Y cuando empezó a vestirse le invadió una sensación muy vívida y clara de que tomaba un camino distinto del que el Señor le había marcado. Y lloró, al fin.